Canetti Marinetti Onetti

There is no need to be perfect

24. 5. 21
AnarRie

Der Autor | 1956 | ‹Wortmetz› | stellt sich vor, wie sein Leben hätte verlaufen können, wären die Eltern in seiner frühen Jugend mit ihm nicht von Berlin weggezogen. Er plant drei alternative Biographien.

In jeder spielt eine (fiktive) Frau mit berühmtem Großvater respektive Vater eine prägende Rolle, **Diana** *Canetti*, **Judith** *Marinetti* und **Ida** *Onetti*. Dreh- und Angelpunkt der drei Novellen ist eine Bestattung im Jahr 1983, einmal die von Toms akademischem Lehrer, dann die seines Vaters, beide ermordet durch Terroristen, schließlich die seines Idols, einer Punkmusikerin.

Er endet *erstens* als ein konservativer Hochschullehrer, *zweitens* macht er Karriere zunächst als Terrorist, dann als grüner Spitzenpolitiker, *drittens* wird er gefeierter Rockmusiker. In dem gefakten biographischen Triptychon geht es um Konformität, um Popularität, um ewige Liebe als Probleme nicht bloß des Heranwachsens; und bisweilen ist das Ungesagte mächtiger denn das Gesagte.

Stefan Blankertz

Canetti Marinetti Onetti

Ein Triptychon

edition g.
213

Originalausgabe
213 edition g.

Herstellung und Verlag:
BoD – Books on Demand,
Norderstedt

© 2021 Stefan Blankertz
editiongpunkt.de

ISBN 978-3-7543-0254-5

10. oder 22. April 1970 (Lenin's 100. Geburtstag).

1969, das Jahr, als ich 13 wurde, folgte mein Vater dem Ruf nach Münster.

Meine jüngere Schwester, mein kleiner Bruder, seine Ehefrau und ich: Die Familie zog mit ihm von Berlin aus um, weg von Che Guevara und weg von den Wasserwerfern, die in unserer Straße auffuhren, wenn 'ne Demo war. In meiner Vorstellung wäre alles besser verlaufen, wenn wir in Berlin geblieben wären. Eine alternative Biographie hatte ich mir bereits 2011 mit <Die Literatte> auf den Leib geschneidert, freilich setzt sie in Münster ein. Zu spät.

In Münster schrieb ich meinen ersten Roman, mit der Hand, von einem handwerklich begabten Freund in Leder eingebunden, welchen ich, so unbedarft wie überheblich, bei Rowohlt oder, lieber noch, bei Suhrkamp erscheinen ließ, so jedenfalls der Vermerk auf der selbstgemalten Titelseite. Bis dato ein frommer oder weniger frommer, vor allem ein unerfüllter Wunsch.

Das letzte Bild, an das ich mich für Berlin erinnere:

Morgens, Gymnasium. Die ersten Monate nach sechs qualvollen Grundschuljahren. Und immer noch Verwirrung. Mehr Nebel als Durchsicht. Da aber rauscht an mir dieser Große vorbei, unerreichbar in einer höheren Klasse. Steht zur Wahl als Schülersprecher. Wie ein römischer Volkstribun gewandet in ein weißes Bettlaken. Wallende pechschwarze Locken. Jesuslatschen. Und mir war wahrhaftig, als hätte ich den Gesalbten in Person gesehen und er habe mich zu seinem Menschenfischer erkoren.

Incipit Thomas Prawon …

Für Judith. Gedicht. Wieder nur Worte. So viel Gedicht in mir. Füllt Bände. Wiegt schwer. Linkische Blätter. Befrage ihren Wert. Bezweifle. Aber wir. Wir sind einander der Schlüssel zu meinem dir unverschlossenen Irgendwogarten.

Thomas Prawon, *Berliner Tagebuch*.

‹Don't bogart the joint.›

und die betäubende Masse der Gegendemonstrant_en schwoll an. Was sie anklagten, war Isolationsfolter, vom Bullenstaat eingesetzt gegen alle, die wortverachtend Widerstand leisteten, indem sie eine von den ‹Foltermägden des Staatsschutzes umgenietet› hatten. Keiner derjenigen, die die Masse sich einverleibte, hätte den Mord gutgeheißen. Keiner derjenigen, die die Masse sich einverleibte, hätte es gutgeheißen, eine private Beerdigung zu stören. Keiner? Auch und gerade das Private ist politisch!

Unter den Gegendemonstrant_en sah Tom: Diana. Hieß sie den Mord an ihrem Vater gut? Hieß sie gut, seine Beerdigung zu stören?

Wie in ein tosendes Wasser warf Tom sich in das Gewoge. Er spürte die Kraft und nicht mehr seine Beine, seine Arme, sein eigenes Denken. Die Welle schlug über seinem Kopf zusammen. War Prof. Kein, mein Doktorvater, etwa nicht Teil der vom Staatsschutz erstrebten Lösung, Friedhofsruhe über Westdeutschland her zu stellen, weil er sich geweigert hatte, zum Problem für das Schweinesystem zu werden? Hatte er den Tod etwa nicht verdient? War denn dies überhaupt eine Beerdigung und etwa nicht eine Demonstration des Bullenstaats? Man konnte, nein, man durfte angesichts dieser Bestialität nicht ins Privatistische verfallen; individuelle Gefühle hatten zurück zu stehen: hinter jenem weltmännischen

Ganzen, der Zukunft des Planeten, des Überlebens der Menschheit und der Menschlichkeit und der ganzen Biosphäre. Tom wusste, dass er nicht zeigen durfte, einen Rest Vorbehalt bewahrt zu haben, kein Teil der Masse zu sein. Sie hätte ihn verschlungen, ohne es auch nur zu registrieren. Er mühte sich, Diana im Blick zu behalten, aus dem Schlick zu fischen.

—Diana —sagte Tom.

Indem sie bei ihrem Bürgernamen gerufen wurde, löste ihre Verbundenheit mit der Masse sich. Diana aber wandte sich ab von Tom und strebte von ihm weg, zurück in gurgelnden Schlund. Aber er war nicht bereit, aufzugeben. Er erwischte den Zipfel eines Ärmels von ihr, packte ihn und zog sie hinter sich her; zog sie hinter sich her, während die Masse um sie herum eine Spalte bildete, trotz vereinzelter Stimmen, die ihn der Gewalt gegen Frauen bezichtigten, vereinzelte, noch individuell bleibende Stimmen, die nicht zur Masse anschwollen, ließ die Masse links liegen und stellte Diana vors Grab.

Der Pastor hatte, Hysterie in der Stimme, von der Passage des Glaubens in das Schauen gesprochen, von einer Krise des Glaubens, von den Gefahren, die den Glauben bedrohen, seine Stimme überschlug sich, von dem zu Betrauernden hatte er nicht gesprochen und von den Umständen seines unwürdigen Todes geschwiegen. Es waren mehr Trauergäste eingetroffen, als die Kapelle fasste. Die Übrigen warteten, wie Tom, draußen; sie scharrten mit den Hufen, blickten betreten zur Erde und wussten nicht, wohin mit ihren Händen. Das Wetter war so, dass man sich nur zu kalt oder zu warm anziehen konnte, derart die Trauergäste zum Teil froren, zum Teil schwitzten. Manchen war die dem Anlasse angemessen steife Kleidung ungewohnt, konservative Intellektuelle trugen auch selten bloß noch Formelles. Diana war unangemessen salopp oder alternativ gekleidet; offensichtlich hatte sie nicht vorgehabt, zu erscheinen, oder, wenn sie es hatte, dann war sie nicht bereit gewesen, sich anzupassen.

Nun stand sie am frischen Grab und warf sich auf den Haufen Erdaushub, bewegte die Arme, so als wolle sie schwimmen, war die Erste, die Erde ins Grab warf, sich im Dreck suhlte, ihre schmutzige Kleidung beschmutzte, auch das unangemessen, jedenfalls in den Augen der Trauergäste, die nicht wussten, dass sie seine Tochter war; kaum jemand wusste, dass er im Leben überhaupt ein Kind gehabt hatte. Mann hielt sie für eine hysterische Studentin von ihm; diese Hysterie wurde anders als die des Pastors mit Argwahn und Schadzauber gezüchtigt. Diana wird es nicht bemerkt haben, dachte Tom. Mann ebenso wie Frau meinte zu wissen oder munkelte, dass er Studentinnen hatte, die ihn mehr verehrten, als es für einen Professor angemessen ist. Keiner wird wissen, in welchem Dilemma Diana steckt, dachte Tom. Sollte es ihm denn nicht vielmehr einerlei sein?

Lernte ich Diana Canetti durch Prof. H. Kein oder Hermann durch Diana kennen? 1983 trugen wir ihn zu Grabe. Wir. Sie, die ihren Vater verachtete und sich von mir vor zehn Jahren um seinetwegen entfremdete, und ich, der ihn geliebt habe wie ein Sohn seinen Vater und nicht nur wie ein Schüler den Doktorvater. Nun aber, aus der Masse herausgelöst, war sie, seine Tochter, es, die heulte, und ich vor Hass stoisch keine Miene verzog, vor fremdem Hass auf die Welt, die ihn getötet hatte. Dass es Menschen waren, wollte ich nicht wahrhaben. Dass es von der aufgelöst am Grab ihres Vaters stehenden Diana ein Foto gab, rettete sie davor, später, als die herrschende Meinung, die Meinung der Herrschenden, sich gedreht hatte, als Mittäterin angeprangert zu werden, auch nachdem dies durch das Gericht bereits festgestellt worden war, freilich nur mangels Beweisen.

Ängstlich blickten unsere Trauergäste sich nach den Gegendemonstranten um, verstanden die Parolen nicht, wussten nicht um ihre Schuld, hielten zusammen und bildeten eine betäubte Masse, abgegrenzt gegen das verständnislose Außen. Als sei sie mit Dianas Abzug ihres Zentrums beraubt worden, fiel die Gegendemonstration in sich zusammen. Aber auch bei den Trauergästen, nun gestört durch Dianas Anwesenheit, ging der Zusammenhalt verloren und die meisten derer, die nicht zur Familie gehörten, zerstreuten sich; zur Familie, die ebenso bloß unvollständig anwesend gewesen war. Es gab da nämlich jemanden, den ich schmerzlich vermisste, so sehr, dass ich bereit war, Alice in jedem verknorrten Baumstamm mit anscheinend menschlichem Antlitz zu erkennen, bis ich mir, peinlich berührt von der Halluzination, die unglückliche Wahrnehmung eingestehen musste. Es wäre unangemessen gewesen, diese Erfahrung und diesen Schmerz mit jemandem zu teilen. Auch Diana stand dafür leider nicht zur Verfügung.

Vor dreizehn Jahren muss es gewesen sein, dass ich sie, wen auch immer zuerst, kennenlernte. Prof. H. Kein wurde vermutlich auf mich aufmerksam, als er für eine Besprechung mit Prof. Paul Prawon, meinem Vater, zu uns ins Haus kam. Paul lud ihn nach herzlich verlaufener Besprechung ein, zum Abendessen zu bleiben, bei dem ich nicht nur anwesend, vielmehr auch zugegen war. Als

Pädagoge achtete Paul darauf, mich früh genug mit der Welt des Geistes und ihrer hervorragendsten Vertreter bekannt zu machen. Ich war jung genug (oder, alternativ, durch Präsenz in einem fortschrittlichen akademischen Haushalt unverfroren genug), um nicht vor dem Muff von 1 000 Jahren unter einem Talar ehrfürchtig zu versinken, sodass ich in Hermann einen (nur zufällig etwas älteren) Freund erblickte.

Er fühlte sich heimisch in einer anderen als in unserer Welt, jener anderen Welt der edlen Wilden, Indianer, Bergclans, Afrikaner und warf einen exotischen Blick auf die laufenden Ereignisse, die für mich unvermeidlich erschienen. Er zeigte, er bewies mir, wie wir mit Kleidung und Worten die Zugehörigkeit definierten, eine neue Konformität konstituierten, die wir irrten, rechts liegen gelassen zu haben. Er zeigte, er bewies mir, wie unsere Auflehnung gegen Autorität uns für mechanische Herrschaft anfällig macht, für Unterwerfung unter Gruppenzwang, für blinden Gehorsam und für fanatische Entgleisungen. Das erregte mich ebenso wie Diana, und doch übte seine Sicht auf mich anders als auf Diana eine Faszination aus, die mich begierig werden ließ, mehr von diesem Mann zu lernen, und überhaupt, das Lernen zu wertschätzen und nicht als ein bloßes bourgeoises Relikt zu missachten.

—Wilde sind Staatsfeinde —sagte Hermann—, und die Autorität hilft ihnen, ihr Leben ohne einen Staat zu meistern. Gerade weil sie Staatsfeinde sind, sind sie konservativ; sie sind sozusagen Steinzeitkonservative.

Tom lümmelte sich auf dem unvermeidlichen Sisalteppich mit Diana im Arm und spürte, wie sie sich verhärtete. Sie sog an ihrem Joint und ihr Ärger löste sich in

Rauch auf. Meist kam es anders, ob mit oder, meist, ohne Joint. Die Partei sah kiffen nicht (mehr) gern.

Freilich kann es auch sein, dass ich Diana vor ihrem Vater Hermann kennenlernte und ich es war, der Paul auf ihren Vater aufmerksam machte. Sie waren Kollegen, vertraten jedoch verschiedene Fächer, sodass nicht klar war, ob sie einander ohne Weiteres auf den immer weitläufiger werdenden Fluren der aus dem Leim gehenden Universität vergegnet wären. Diana ging auf die gleiche Schule wie ich (deren Name mir entfallen ist), allerdings drei unerreichbare Klassen über mir.

Auch Diana war, ganz wie der Vater, anders als die Anderen; für sie war das aber noch viel schwerer zu ertragen als für ihn. Diana sah nicht aus wie Uschi Obermaier und auch sonst entsprach sie nicht dem Bild eines Blumenkindes und Kommunarden. Sonst hätte Tom bei ihr keine Chance gehabt. Er ergriff die Chance mit beiden Händen. Zu jener Zeit verkehrte sie noch im Haus des Vaters, wenn auch die Spannungen mit jedem Besuch stiegen. Sie war eine Revolutionärin, eine Berufsrevolutionärin, um es genauer zu sagen, aber sowas von. Kompromisse gab es nicht, wären einem Verrat gleichgekommen. Genosse Che Guevara hatte die die korrekte Massenlinie markierende Parole ausgegeben:

—*Schafft zwei, drei, viele Vietnam.*

Etwas anderes kam nicht in die Tüte.

—Tom, was findest du bloß an der? —sagte Toms Kumpel Klaus.

Wie konnte Tom ihm erklären, was er empfand? Alles an Diana war perfekt und verheißungsvoll; auch wenn den Anderen dies verborgen blieb. Ihr Mund. Der Klang ihrer Worte. Ihr Gang. Und die Geste, mit der sie ihre wundervoll ungepflegten Haarsträhnen hinter das Ohr strich, um freie Sicht auf die Außenwelt zu erhalten. Ihr Hüftschwung. Wie sie die Lider senkte, wenn sie seine verhohlenen Blicke erhaschte. Ihr Geruch von Freiheit und Abenteuer, wenn es ihm gelang, ihrem begehrlichen Körper nahe genug zu kommen. Alles dies verhieß, dass es da draußen eine Welt zu erobern galt, dass sie wertvoll genug war, sie erobern zu wollen. Alles dies ließ meinem Kumpel Klaus sich nicht vermitteln, sagt Tom zu mir; Klaus war dann aber doch aufmerksam und konnte an Meldungen nicht genug kriegen, bis Tom die magischen ersten sieben Male mit Diana gepennt hatte.

Wie war das, sage ich zu Tom, und woran erinnerst du dich? Willst du dich erinnern?

Tom erinnert sich an jede Einzelheit. Diana hatte ihn angerufen. Er war sehr aufgeregt. Noch nie hatte ihn Diana angerufen. Noch nie hatte ihn jemand angerufen. Sie wollte ihm sagen, dass sie zwei Wochen mit ihrer Mutter wegfahren werde. Tom und sie hatten auf den Fluren und auf dem Hof der Schule sporadisch miteinander gesprochen, diese flüchtigen Treffen rechtfertigten aber nicht, dass sie ihm Bescheid gab. Darin lag eine geheime Message, obwohl Tom bereits begann, sie zu vermissen, bevor sie überhaupt fort war; für kurze Zeit nach dem Maßstab der Welt, in der die Ratio regierte und mann der Liebe keinen Platz zudachte. Woher hatte sie überhaupt seine Nummer (die Nummer seiner Eltern)? Ach, richtig, es gibt eine <Auskunft>, die einem weiterhilft, wenn man sich dort anzurufen traut. Was würde bei ihrer Rückkehr geschehen? Zwei Wochen schienen mehr als die Ewigkeit. Doch dann kam ihm die rettende Idee und mutig fragte er sie, ob er sie jetzt noch besuchen dürfe.

Sie sagte Ja, als habe sie seinen Vorschlag erwartet, und er brach sofort auf. Er war noch nie bei ihr zu Hause gewesen, in der Wohnung ihrer Mutter; und die erste Aufgabe, die es zu meistern galt, bestand darin, sie überhaupt erstmal zu finden. Mit hirnverbranntem Herzen drückte Tom nach schließlich gemeisterter Aufgabe die Klingel und die Prinzessin öffnete.

Bereits die Umarmung in Eingang und Flur dauerte länger als gewöhnlich, wollte gar nicht aufhören. Etwas linkisch schloss Diana die Tür und sie stolperten in ihr Kinderzimmer. Verschwommen, aber klar, nahm Tom wahr, dass es ein Kinderzimmer war, geblieben war, mit der Bärchentapete, mit den Stofftieren in allen Ecken, ja sogar die in einem anderen Abschnitt ihres Lebens unvermeidlichen Pferdebilder klebten an den Wänden, die nicht einen einzigen Hinweis auf Revolution anzeigen. Es läuft, leise, Musik.

Buffy Saint-Marie, meine ich jedenphalls, mich zu erinnern, sagt Tom zu mir.

Die Matratze liegt auf dem Boden (es fehlt also tatsächlich das Kinderbett, dem Diana entwachsen zu sein scheint) und wie von selber landen sie auf ihr; Diana beginnt, ihn zu entkleiden und sich zu entkleiden, nachdem sie merkt, dass Tom nicht so richtig weiter weiß.

Ich dachte bloß, jetzt darfst du nichts falsch machen, bitte, sagt Tom zu mir, aber woher sollte ich denn wissen, was ‹es richtig machen› bedeutet?

Als Tom Dianas bloßen Busen sieht und berührt und sie seinen Penis umfasst, setzt bei Tom etwas ein, das ‹Umnachtung› zu nennen falsch wäre, denn es war von einer strahlenden Helligkeit gekennzeichnet und das Erwachen war von Freude und Seligkeit begleitet.

Ich wäre gern mehr dabei gewesen, sagt Tom zu mir, und dennoch ist es eine vollendete Erinnerung, so perfekt wie imperfekt; ganz und gar präsent überschattet sie meinen ganzen weiteren Werdegang.

Diana zündete sich eine Selbstgedrehte an, und sie seufzte. Tom verunsicherte das. Seufzen kannte er bloß als den Ausdruck von Melancholie oder Wehmut, durch den Karin, seiner Mutter, ihre Askese bisweilen zu unterbrechen pflegte.

—Hab' ich was falsch gemacht —sagte Tom.

—Nein —sagte Diana, und sie blies Rauch in seine Richtung—, es war wunderschön. Aber erst, wenn wir es sieben Mal miteinander gemacht haben, bist du keine Jungfrau mehr. Den Rest holen wir nach, wenn ich wieder zurück bin.

Diesen Klang ihrer Worte, diesen aus abgestandenem Joint- und aktuellem Tabakqualm gemischten Duft unbeschreiblicher Herrlichkeit und diesen Genuss in ihrer Umarmung würde Tom immer wieder und überall neu suchen, immer wieder suchen und wann und nirgendwo finden?

Später kam Dianas Mutter und fand es, verdutzte es Tom, ganz natürlich, dass er da war, stellte keine Fragen, blickte nicht sie oder ihn komisch an, sondern lud ihn ein, mit ihnen zu Abend zu essen.

Das einzige, was ich mit der sonst unkomplizierten Mutter zu beachten hatte, sagt Tom zu mir, war, wie ich später von Diana angewiesen wurde, den Namen ihres Erzeugers nie in deren Gegenwart auszusprechen oder anzudeuten, dass ich, oder noch fataler: sie mit ihm in Kontakt stand.

Während Dianas zweiwöchiger Abwesenheit litt Tom.

Kein einziges Mal meldete sie sich bei ihm. Die Stimmung mäanderte vom Hoch der Erwartung ihrer Heimkehr zur Angst, er habe sich alles nur eingebildet oder sie habe es sich inzwischen anders überlegt oder, Horror, ihre Mutter habe interveniert und den Umgang mit ihm verboten (ob sie sich den Umgang hätte verbieten lassen?, ob das Verhältnis zwischen ihr und ihrer Mutter derart gestaltet war, dass die Mutter es sich hätte einfallen lassen, ihr den Umgang zu verbieten?, ob ihre Mutter irgendetwas an ihm auszusetzen hatte?; dass ich dies nicht wusste, war der Ausdruck dafür, weder Diana noch ihre Mutter auch bloß oberflächlich zu kennen). Ihre Heimkehr aber wurde zu seinem Triumph.

Mit ihrem Vater brach Diana an jenem Tag, an dem sie ihn ultimativ aufforderte, sich ohne Wenn und Aber der Weltrevolution, der Revolution aller werktätigen Massen unter Führerschaft des Großen Vorsitzenden, Genosse Mao tse Tung, anzuschließen. Hermann antwortete nicht sogleich, sondern war still und horchte in sich hinein, was Dianas Verve ins Leere laufen ließ. Ihre Anspannung erkannte ich an einem leichten Zittern im Unterkiefer.

—Als Kind —sagte Herrmann— stürmte ich mit der preußischen Fahne in der Faust auf Mars-la-Tour; kämpfte neben Hektor im Streitwagen gegen Ajax und Achilleus vor den Toren Trojas; unter spanischer Sonne schwor ich mit Hannibal Rom ewige Feindschaft. Ich bezwang, im Anfang der französischen Revolution, die Bastille, warf befreite Worte in die flammenden Massen und blickte Robespierre, dem Unbestechlichen, in die Augen; hunderte Male marschierte ich mit Friedrichs Regimentern in den Kampf; am Vesuv stand ich neben

Teja, dem letzten Gotenkönig; und im teutoburger Wald bohrte ich dem Varus das Schwert in die Brust. Wahllos nahm ich, damals, die Helden, wie sie mir kamen. Von den Waffen, von dem tieferen Sinn ihres Kampfes hatte ich keine Vorstellung, ich sah nur die Mannen der Tat, die Unerschrockenen und Kühnen, die vom Ruhm der Jahrhunderte umflorten. Welch tolles Beispiel ist Hagen hingegen, ein Mensch wie wir alle, in langen Jahren unermüdlicher Pflichterfüllung zu stahlhartem Krieger geworden. Im entscheidenden Augenblick, am Scheideweg seines Lebens, da ist in ihm die Treue zu der Idee, der er sein Dasein geweiht hat, da steht die Ehre seines Königs und Herrn, da erweist sich sein Schwur auf das Banner der Nibelungen höher als seine eigene, äußerliche Ehre. Schmach und Schande muss er über seine Gefolgschaft ergehen lassen, und erst eine ganze Dekade später, wo Hagen seine unverbrüchliche Treue an der Seite Gunthers mit dem Tode besiegelt, da erst kann er den giftigen Schmähern zeigen, wie wirklich sein Herz ist, da kann er beweisen, dass seine Seelengröße tausendmal höher zu werten ist als die des unbekümmerten, zum Heldentum vorbestimmten Siegfried. Meiner Erziehung, meiner ganzen Vorstellungswelt entsprechend und meinem gehorchenden Wesen gemäß wurde ich Nationalsozialist. Schon früh machte ich mir Gedanken über Tiefe und Beweiskraft der Weltanschauung; aber keine Sekunde habe ich gezweifelt. Mit knechtischem Eifer wachte ich über meine eigenen ‹Leistungen›. Ich hasste das Christentum, weil es zu hassen mir gelehrt wurde; ich verabscheute Jesus, weil ihn zu verabscheuen meine Pflicht war; ich war Antisemit, weil Antisemitismus ein Programmpunkt der Partei war; mit Kampfeswut verfolgte ich die Begriffe Bolschewismus ebenso wie Kapitalismus, weil Adolf Hitler mit dem Finger auf sie wies, als Feinde unserer Welt. Das Dogma stand für mich von Anfang an fest. Als ich selbstständig denken lernte, da erfüllte mich keine andere Aufgabe außer der, jene unantastbare Idee wissenschaftlich-moralisch zu untermauern. Ich kannte kein sakrosankteres Ziel außer dem, für die Fahne zu kämpfen, zu siegen, zu sterben.

—Und wie bist du davon losgekommen? —sagte ich.

—Zwischen Heute und jenem Tag, an dem ich nicht sterben durfte, liegt ein langer, langer, dornenreicher Weg —sagte Hermann—. Jenem Tag während des Endkampfes, an dem ich in unserem Unterstand verletzt und verschüttet wurde, gerettet durch einen amerikanischen Offizier, den ich zuvor unter Beschuss genommen hatte. Unter unaussprechlichen Qualen habe ich um der Wahrheit willen vor mir selber zugeben müssen, dass ich der Fahne des Teufels gedient habe. *Die Mörder sind unter Euch!*; das rufen die Geister der Erschlagenen und Ermordeten, der Vergasten und Verhungerten dem überlebenden Deutschland zu. Die Mörder sind unter uns, dieser Ruf peitscht unaufhörlich meine verletzte Seele. Ich klage niemanden an, meine Mutter nicht, und nicht meinen Vater, den General, der mir die Befehle erteilte, nicht, und nichtmal den Führer. Allein mich selber klage ich an.

Ich hielt den Atem an.

—Genau deshalb —sagte Diana und sprang auf. Sie holte mit der Hand aus, als gebiete sie über eine Masse oder als wolle sie ihren Vater ohrfeigen— kannst du gar nicht anders und musst dem Volke dienen.

—Tausende Male schlimmer —sagte Hermann; eine

Antwort vermochte ich darin allenfalls indirekt zu vermuten— als die Folgen meiner Kopfverletzung, quält mich die Schuld, die ich auf mich geladen habe. Niemals könnte ich es wieder vergessen; aber darum werde ich immer und ewig meine Kraft und Entschlossenheit einsetzen, die Freiheit zu verteidigen. Die Freiheit der Person, die Freiheit des Geistes und des Herzens. Niemals wieder werde ich mich Phrasen und Trompetenblasen, Orden und Fahnen verpflichten. Niemals wieder werde ich die Gesetze von Ruhm, Vaterland und Masse zu den heiligen Werten meines Lebens machen. Menschlichkeit und Menschen im Geist zweitausendjähriger westlich-abendländischer Kultur werden immer die Leitplanken meines Denkens und Handelns sein.

Diana hatte seine Antwort vernommen und verließ wortlos das Haus, das sie, so weit Tom wusste, nie wieder betrat. Nie wieder hat sie, so weit Tom wusste, mit ihrem Vater gesprochen. Tom stammelte Hermann gegenüber verlegen und verschämt eine Entschuldigung, kaum eine Verabschiedung, und stürzte der Angebeteten hinterher.

Auch von Tom verlangte Diana die völlige Hingabe, nicht zu ihrer materiellen Anima, vielmehr zur ideellen Persona des Volks. Das Leben eines Berufsrevolutionärs bestand vor allem aus nächtelangen, rauchschwangeren, sonst aber unsinnigen Sitzungen, in denen bei dem Kampf der jeweiligen zwei Linien mittels des Verfahrens von <Kampf-Kritik-Umgestaltung> die vorübergehend korrekte Linie zu ermitteln war, bis sie durch eine neue dem Volke dienende Linie aufgehoben wurde. Auch Toms Kumpel Klaus machte tapfer mit; doch eines Nachts, da entschied er sich für die falsche Linie und gehörte hinfort solange dem Volksfeind an, bis Tom der

Ausstieg gelang. Vorläufig noch beeindruckte ihn Dianas Askese, angemessen einer fügsam emanzipierten Frau; mit ihrer Tüchtigkeit organisierte sie vor allem etliche Demonstrationen, die, wenn einige tausend Menschen sich einfanden, bewiesen, wie stark die Partei bereits verwurzelt war in den Volksmassen, deren Endsieg kurz bevor stand. Diana verließ die Schule, jobbte, während sie wie bisher in der Wohnung ihrer Mutter Alice Canetti geduldet wurde, und konnte darum fast ihren gesamten Verdienst an die Partei abliefern, wofür sie parteiintern oder vielmehr parteiöffentlich mehrfach gelobt wurde. Da Tom weiter das Gymnasium besuchte und den Kontakt zu Hermann aufrecht erhielt (was er Diana gegenüber verheimlichte wie eine Affäre; dass sie sie mit untrügerischer weiblicher Intuition riechen würde, ahnte Tom nicht, und hätte Diana sich nie eingestanden, wo doch Weiblichkeit und Eifersucht konterrevolutionäre Sachen sind), erhaschte er manchmal einen Außenblick auf die laufenden Ereignisse und sah dann, wie sehr sie sich im Aquarium bewegten in einer Welt, die mit ihrer Innenwelt unverbunden war.

Es gab einige Durchbrüche wie etwa die Erstürmung einer Kulturausstellung der Sowjetunion oder das Einschmuggeln von Flugblättern in die DDR; das erzielte Wirkung in einer Öffentlichkeit, die mehr umfasste als die der eigenen Partei. Der Kampf der Volksmassen, die auf der Siegerstraße unaufhaltsam voran marschierten, hatte sich auf Weisung der chinesischen Genossen nämlich vom Kampf gegen den US-Imperialismus, der nichts mehr weiter darstellte als eine sterbende Supermacht, in den Kampf gegen die aufstrebende Supermacht der UdSSR gewandelt, um der sozialen und nationalen Revolution überall auf der Welt optimal zu dienen. Dafür hatten kleinbürgerliches privates Glück und vor allem Bumsen und Lieben zurückzustehen; dergestalt wickelte sich die Beziehung zu Diana nahezu von selber ab. In dem Moment, in dem sie herausriecht, dass Tom immer noch bei ihrem Vater verkehrt und somit fremdgeht, sie schlimmer betrügt, als hätte er bloß niedere animalische Bedürfnisse befriedigt (was sich immerhin durch eine geeignete Selbstkritik vor der Gruppe hätte wettmachen lassen), ist es hochoffiziell aus und vorbei.

Tom erwachte aus seinem fötalen Traum und ward als eine zweite Geburt in die kalte Welt ohne Herz geworfen.

Hin und wieder besuchte Tom Dianas Mutter Alice, wenn er Gewissheit hatte, dass Diana nicht zu Hause war. Er stellte fest, dass Alice seine Gesellschaft genoss. Einmal, als er zu ihr kam und sie zusammen zu Abend gegessen hatten, fragte sie ihn, neben ihm stehend, indessen er noch saß, ob er mit ihr ins Kino gehen wolle. Er sah sie an und zog sie zu sich auf den Schoß. Er begann, sie heftig zu küssen. Seine Hand wanderte unter ihren wollenen Pulli, der nicht das Entfernteste mit Sex zu tun hatte, nach oben, suchte ihren Busen. Mund und Iris nahe an ihrem Gesicht sieht und spürt er alle Spuren des Alters an ihr, Abdrücke ihrer verschobenen Kleidung auf der Haut, was ihn erregt, wie er noch nie erregt war, wie ihn Diana nicht hatte erregen können.

—Was machst du? —sagte Alice.

—Ich trag' dich ins Schlafzimmer —sagte Tom.

—Und dann? —sagte Alice.

—Ziehe ich dich aus —sagte Tom, der es inzwischen gelernt hatte.

—Und dann? —sagte Alice.

—Du wirst es schon spüren —sagte Tom.

Er erfuhr, dass sie es anders als ihre Tochter, jedenphalls zur besten Zeit ihres Zusammenseins, leider nicht mochte, dass er sie mit der Zungenspitze befriedigte. Doch in sie einzudringen, war so schön, viel schöner als bei Diana; aber er vermisste das selige Lächeln danach, das er von Diana kannte, jedenphalls zu der besten Zeit ihres Zusammenseins.

—Es muss nicht für immer sein —sagte Alice mit ungewissem Ausdruck.

—Hat es dir etwa nicht gephallen? — sagte Tom.

—Ja, doch —sagte Dianas Mutter—, du hast mich sogar wieder auf den Geschmack gebracht. Aber es muss nicht für immer sein. Du bist noch ein Kind.

Anders als Diana rauchte Alice danach nicht. Sie spielte an ihm herum, was Tom verunsicherte.

—Wenn du noch mal willst, kann ich es dir mit dem Mund machen —bot Tom an.

—Nein —sagte Dianas Mutter—, ich will ja deinen Schwanz.

Begeistert kam Tom wieder. Und am liebsten trank er Alice, ihr sichtlich peinlich, wenn sie verschwitzt war. Anders als ihre Tochter blieb sie beim Sex nicht reglos, um nachher erst in Empfindung zu geraten; aber dann war Schluss, ohne dass sie ihm, wie zuvor versprochen, noch weitere Tricks zur Verfeinerung seiner Liebestechniken gezeigt hatte. Das Ende der Beziehung zu Alice erschütterte mich stärker als das Ende mit Diana, sagt Tom zu mir, in dem Moment; aufs Ganze gesehen, prägt mich jene verkorkste Geschichte mit Diana. Ihre Mutter ist eine bleibende schöne Erinnerung, zu der ich gut onanieren kann, wenn sonst nichts mehr hilft. Die nobelwerte Technik von Alices Vater, abgelegte Affären verächtlich zu bedenken, lehnt Tom ab.

Das Unheil schlich sich an auf Samtpfoten. Als erstes Anzeichen wertete Prof. Thomas Prawon später, dass die vorderste Reihe seiner Hörer einer Vorlesung im Anfang des Semesters, noch bevor er auch nur die Begrüßung gesprochen hatte, aufstand und den Saal verließ. Das Gemeinsame, das Choreographierte, das Orchestrierte, die zur Schau gestellte, gedrillte Entschlossenheit hätte ihn warnen können. Sicherlich gab es weitere Anzeichen, an die Tom sich nicht erinnerte oder die er nicht wahrgenommen, nicht richtig eingeordnet/verdrängt hatte.

—Wie können Sie sich denn weigern, eine genderneutralisierende Sprache zu verwenden —ein Student, männlich, erhob sich in einem ansonsten von Glanzleistungen freien Seminar, und platzte damit ohne jeden Bezug in eine Diskussion—, vor allen Dingen, dass Sie eine solche bei ihren Studenten verbieten?

Der Wirbel klopfender Knöchel verwunderte Tom zunächst. Dann fiel sein Blick auf die Wandparolen gegen die Isolationsfolter von damals, die keiner sich die Mühe gemacht hatte, zu übertünchen.

—Mir ist nicht bekannt —sagte Tom—, dass ich etwas verbiete. Das einzige, was ich tue, ist, dass ich es jedem, der bei mir eine Arbeit schreibt, freistelle.

—Frauen dürfen bei Ihnen nicht studieren? —sagte der Student. Tom hatte er aufhorchen lassen als junger Mann, den er gern zu seinem Schüler machen würde. Die legere Art, sich zu kleiden, vermutlich weil von Wichtigerem abgelenkt, die zurückhaltende, ja fast verschämte Art, Gedankenfiguren aus holzigen Themata zu drechseln, angesichts derer seine Kommilitierten bestürzt schwiegen, erinnerten Tom an sich selber, wenngleich sonst viel anders geworden war seit jener Zeit, in der er selber studiert hatte.

—Die Mehrheit meiner Schüler —sagte Tom—, ist weiblich. Das können Sie leicht überprüfen. Sie dürfen jede Einzelne auch bitte fragen, ob sie sich durch mich schlecht behandelt fühlt.

—Murdoch sagt —sagte der Student—, dass eine Selbstauskunft der Opfer von systemischem Rassismus (zu dem der Sexismus, wie Sie sicherlich wissen und was Sie hoffentlich nicht zu leugnen wagen werden, nur eine Unterkategorie ist) … dass die Einwilligung der Opfer in systemischen Rassismus keinen Wert hat und nicht als Rechtfertigung für dessen Fortsetzung herhalten darf. Das, was zählt, ist, so Murdoch, aktiver Widerstand. Dem Patriarchat keinen aktiven Widerstand entgegen zu setzen, das sei gleichzusetzen mit Zustimmung und mit Zementierung.

Bei dem Namen <Murdoch> fiel Tom zunächst nur der US-amerikanische konservative Verleger ein, der hier ja schlecht gemeint sein konnte; vielleicht hat er eine genderinfizierte Tochter oder Enkelin, dachte Tom. Etwas später reichte sein Gedächtnis noch Iris Murdoch nach (zeitweilig Affäre von Dianas vernobeltem Großvater), die w-m-x als eine Vorläuferin aktueller Gendertheorie handelt; gestorben vor ungefähr zwanzig Jahren; doch so weit Thomas wusste, spielte sie keine herausragende Rolle bei den Studenten heute; solche Parolen wie die des Studenten konnten kaum von ihr stammen. Selbst als Flugblättinnen <gegen die reaktionäre Rasselbande mit Prof. Thomas Prawon an der Spitze> (Schüler des 1983 von Terrorist*en ermordeten, aber ebenso umstrittenen Ethnologen Prof. H. Kein) auftauchten, deren Umtriebe divers nicht länger an der Universität dulden wolle, in denen angekündigt wurde, dass Prof. em. Diana Murdoch von Studierenden eingeladen sprechen werde, ging ihm kein Licht auf. Eine Studentin trat an ihn heran und fragte, freundlich, ob er zu einer Podiumsdiskussion mit Murdoch bereit sei.

Als der Tag gekommen war und er Frau Professorin Murdoch (eine Anrede, die ihm garantiert einen Rüffel eingebracht hätte. Die aktuell korrekte Form war ihm jedoch unbekannt; und gottseidank verfügten die Sittenwächter über noch kein Gerät, Gedanken zu lesen) den Saal betreten sah, erkannte er sie und blühte auf. Er bemühte sich, zu ihr durchzudringen und vor Beginn der Veranstaltung ein paar Worte mit ihr zu wechseln, doch eine Phallanx von Studenten (*sic!*, ja, mehrheitlich, nach Augenschein, männlichen Geschlechts) vereitelte alle Annäherungsversuche und drängte ihn ab.

Wie war Diana zu ihrem verwandelten Namen gekommen?

Selbst wenn sie verheiratet ist, dachte Tom, wird sie ihren Namen nicht abgelegt haben. Schon damals hatte sie den Zwang, dass Frauen bei Heirat den Namen des Mannes übernehmen oder das Ungetüm eines Doppelnamens ertragen mussten, als perfiden Ausdruck des Patriarchats gewertet. Eine kurze Konsultation der Suchmaschine auf seinem Smartphone belehrte Tom, dass sie tatsächlich den Namen ihre* Ex-Gatt*n, verwandt weder mit dem Verleger noch mit de* Schriftsteller_in, angenommen hatte, um sich von dem befleckten Namen des Großelter2 seitens Elter1 distanzieren zu können.

Die Diskussion verlief, enttäuschungsreich, ohne Gipfel-erlebnis und ohne Begegnung, jedoch mit eindeutiger Parteinahme des Publikums, bis Professex Murdoch via jener Worte des Berliner Ragout, das scharf gewürzt zu sein vorgibt, dabei hübsch ungefährlich ist fürs Denken, gefährlich jedoch für die Person, die es zufällig trifft, zum finalen Schlag ausholte und Prof. Thomas Prawon be-schuldigte, sie ‹als Schülende› vergewaltigt zu haben. Ratzfatz verwandelte der Saal sich in einen Hexerkessel für Tom, dem er zeitweise nicht lebend zu entkommen hoffte. Schließlich nahte Entsatz in Form von Polizei-schutz.

—Du kannst froh sein —sagte Diana, während mann ihn nahe genug bei ihr vorbeiführte, um sie hören zu können—, dass ich die Sache mit meiner Mutter da raus-gehalten habe. (Sie sagte nicht ‹mit meinem Elter1›.)

Nachdem Tom unversehrt bei sich eingetroffen war, konnte er sich lange nicht beruhigen. Über eins freilich machte er sich keine Sorgen, nämlich Konsequenzen der Beschuldigung. Sie würde zu nichts führen, oder schnell zu entkräften sein. Er war jünger als sie gewesen und es musste jede Menge Leute geben, die sich erinnerten; sich an ihre Verliebtheit erinnerten. So auch ihre Mutter; aber was sollte heißen ‹die Sache mit meiner Mutter›? Was dachte Alice, ihre Mutter? Und war sie überhaupt noch am Leben? Jahrgang 1930+, soweit Tom sich er-innerte. Konnte sein, dass Ja; konnte sein, dass Nein.

Die Anklage kam. In Form einer universitätsinternen Untersuchung. Studentinnen und Studenten, Studenty und Studentex wurden befragt. Tom kooperierte sogar mit den Ermittlerinnen, die ihn befragten, sofern sie ihm wohlgesonnen zu sein schienen. In ihrem Schlussbericht zeigte sich freilich, dass die Wohlgesonnenheit nur eine Finte gewesen war, um ihn zu Aussagen zu bewegen, die sie gegen ihn verwenden konnten. Die Empfehlung der Kommission lautete: Tom möge mit sofortiger Wirkung aller seiner Verpflichtungen an der Universität enthoben werden, zusätzlich demütigend, wo er doch in dem nachfolgenden Jahr sowieso pensioniert werden würde.

Tom legte Einspruch ein. RA Klaus Breitweg, Toms Kumpel aus Schulzeiten, lehnte es ab, dessen Sache zu vertreten; inzwischen sah Tom Gespenster überall, also vermutete er, dass Klaus einfach bloß Angst um seine Reputation hatte und diese sich nicht kaputt machen lassen wollte, um einem Trottel wie ihm zu dessen Recht zu verhelfen. Das würde wenig mehr einbringen als schlechte Presse. Richtig, Tom scheiterte: Aussagen von Studentinnen zugunsten des Professors wurden als nicht sachdienlich klassifiziert; der Hinweis Toms auf Dianas damalige maoistische, verfassungsfeindliche Umtriebe als Versuch der Ablenkung ihm zum Nachteil ausgelegt.

Tom hatte bereits etwas getrunken. Es schellte. Sie schellte. Dass sie es war, konnte er nicht wissen, selbst mit was Whisky intus nicht vorausriechen. Er hatte sich angeschickt, mit was Whisky seinen inneren Zensor so zu betäuben, dass er endlich einen neuen Text verfassen konnte, mit welchem er das ethnologische Vermächtnis seines Lehrers Hermann Kein aufpolieren wollte. Warum fiel es ihm schwer, mit dem Schreiben des Textes zu beginnen? Alle Elemente waren ihm geläufig. Er wollte den Text schreiben. Keiner wartete auf ihn, keiner hatte ihn nachgefragt als er selber. Er meinte, einen Kontrapunkt unzeitgemäßer Betrachtungen dadurch setzen zu sollen, dass er die Gedanken von Hermann renoviert in die Debatte wirft. Es sollte allerdings keine Provokation werden, vielmehr ein Appell: zum Nachdenken, zum Durchdenken, zum individuellen Weiterdenken.

Heute hatte er Zeit gehabt, sich auf sie gefreut, den ganzen Tag schossen die Eingebungen kreuz und quer durch seinen Kopf, der sich erhitzte, während Erregung seinen ganzen Körper durchzitterte, und trotzdem war es ihm nicht gelungen, einen einzigen Satz zu notieren, weder vor dem Computer sitzend, noch auf dem Balkon am Bleistift kauend mit dem Zwitschern von Vögeln als Hintergrund. Nun, nach Einbruch der Dunkelheit, wo der Tag sich dem Ende zuneigte und die Chance ungenutzt zu verstreichen drohte, hatte er den Whisky geöffnet, sich Zettel und Füller bereit gelegt, wissend, dass diese Medizin immer wirken würde. Er musste jedoch darauf achten, wenig genug zu trinken, als dass anderntags sich noch würde entziffern lassen, was er in der Nacht zu Papier gebracht hatte. Alles sonst wäre eine dumme Whisky- und Zeitverschwendung.

Das Schellen an der Haustür kam ihm also durchaus ungelegen; egal wie lang oder kurz die Unterbrechung sein würde, es wäre eine Unterbrechung des Schreib-flusses, der noch gar nicht recht begonnen hatte. Die Quelle tröpfelte, sie sprudelte noch nicht. Kurz zögerte Tom, ob er es überhören sollte. Der Lieferdienst von Amazon konnte es um diese Zeit schlecht sein; er hatte kein Buch bestellt, das bislang nicht aufgeschlagen war. Wegen des vorgezogenen Ruhestands erwartete er keine Studentinnen mehr, die, ‹um den Termin einzuhalten›, ihre Hausarbeit abgeben wollten. Mit seinen Nachbarn war er nicht so dicke, dass einer, weswegen auch immer, zu dieser Uhrzeit anklopfen würde. Unbekanntes drohte.

Tom wurde sich des Herzschlags bewusst und entschied, nicht an die Tür zu gehen.

Doch dann überwog seine Neugier oder sein Pflichtbewusstsein; vermutlich benutzte er den Gedanken an das Erstere bloß zur Rationalisierung des peinlichen Letzteren. Falls er nicht auf machen würde, würde er sich den ganzen Abend, die ganze Nacht, ja Tage später noch fragen, wer es gewesen sein mochte. Ruft man heute nicht mehr an, wenn man irgendwo vorbeikommen will? Gibt es so etwas Steinzeitliches wie die Überraschungsbesuche überhaupt noch? Zu meiner Zeit, dachte Tom, im Irrtum begriffen, gab es entweder langfristig geplante Besuche, mündlich abgesprochen oder telephonisch vereinbart, oder Überraschungsbesuche. Heute gibt es nur noch Zwitter-, oder eben korrekt: Diverse-Besuche, kurzfristig ausgemacht oder abgesagt, per Smartphone, semischriftlich, semimündlich, Twitter oder sonst einer akuten App, weder Fisch noch Fleisch, weder Weiblein noch Männlein, nicht vermehrungsfähig und zukunftsträchtig, aber bleiern über alle Lebendigkeit sich legend. Von Hermann wusste Tom, dass Klagen der Alten über die Neuerungen bei der Jugend so alt sind wie die Menschheit, nicht bloß so alt, wie die Aufzeichnungen der Menschheit, vielmehr auch die Autoritäten der Stämme und Clans behaupteten, die je nachwachsende Generation habe kein Benehmen mehr, keinen Respekt vor den hergebrachten Gebräuchen, den Gesetzen und den Sitten; demzufolge könne man davon ausgehen, die Menschheit habe auf den höchsten Gipfeln von Geist, Frieden und Respekt vor dem Alter angefangen, befinde sich seitdem jedoch in einem rapiden Niedergang. Disclaimer: Dies war, vermutlich, satirisch gemeint.

Tom ging und öffnete. Zack!, traf mich der Blitz. Ich wunderte mich nicht. So vertraut und selbstverständlich war es, sie zu sehen. Doch, er wunderte sich und es war unvertraut, sie zu sehen. Er wusste nicht, wer sie war. Sie war Dämon der Vergangenheit, der ihn einholen wollte. Der seine Seele verlangte als Preis; aber als Preis wofür? Sie war die Fee, die kommt, um die Vergangenheit zu annullieren. Sie war die Zigeunerin, die kommt, um wieder Leben in die Bude zu bringen. *Zigeunerin* sagt man nicht mehr, darf man nicht mehr sagen, doch alle Alternativen sind ach so unromantisch. Das ist der Sinn der Sprachpolizei, jedwede Romantik zu vertreiben, denkt Tom, und sieht auf einmal wieder nüchtern, viel zu nüchtern, die Gegenwart hat ihn wieder im Griff, hat Leben in die Bude gebracht, ein Leben, auf das mann aber auch gern verzichten würde, nicht weil man Asket ist, sondern weil man das Leben liebt.

—Ich komme nicht etwa, um mich bei dir zu entschuldigen —sagt sie.

Mit einer Geste bittet Tom sie, einzutreten, und bietet ihr einen Platz und einen Schluck an. Er holt ein Glas.

Was willst du jetzt tun?, frage ich Tom.

—Ich habe keine Entschuldigung erwartet —sagt er zu seiner Gästin—, denn ich habe nicht erwartet, dich wiederzusehen.

Tom sucht über sein Smartphone Musik von Buffy Saint-Marie und speist sie per Bluetooth ein.

Was findest du an ihr?, frage ich Tom.

—Aber du freust dich, mich zu sehen — sagt Diana.

—Böses Mädchen —sagt Tom.

—‹Gute Mädchen kommen in den Himmel, böse Mädchen überall hin› —clichét Diana.

—Außer in die Hölle —sagt Tom—, wo es aber interessant wäre.

Diana kramt in ihrer Handtasche. Dann baut sie 'nen Joint, wie in alten Tagen. Mit einer Handbewegung fragt sie Tom, ob er auch wolle.

—Ich bleibe beim Whisky —sagt er und nippt.

—Aber das mit dem Whisky ist neu —rüffelt Diana.

—So neu auch wieder nicht. Du hast mich lange nicht gesehen —verteidigt sich Tom.

—Du bist durch die Hölle gegangen —sagt Diana—. Wegen mir.

—Für dich —korrigiert Tom sie.

—Wenn ich Familie hätte, vielleicht —korrigiert Tom sich.

Er hat keine Familie?, fragt mich Klaus.

Glaubst du, Diana liebt mich noch?, fragt Tom mich.

Wie als sei sie seine selbstverständliche Gästin, flitzt Tom in die Küche und bereitet eine Schale Nüsse zum Knabbern und etwas Schokolade, eine dunkle und eine helle; dass er nicht weiß, ob Diana die eine oder andere Sorte bevorzugt, zeigt ihm an, dass sie keine selbstverständliche Gästin ist. Dass er beginnt, bereits in Gedanken zu gendern, zeigt ihm an, dass sie ihre Macht über ihn oder über sein unmoralisches Gewissen ungebrochen ausübt.

—Du hast meine Mutter ja arg geliebt —sagt Diana, nachdem er zurückkehrt, stibitzt von den Nüssen und nascht von der Schokolade (von der dunklen, wie er aufmerksam registriert), als sei sie selbstverständlich sein Gast, hier zum Plaudern mit der interessanten Kollegin oder einem guten Freund. Sie lauscht der Musik, wiegt ihre Oberweite im Takt, nicht überschwänglich, bloß angedeutet. Ein wissendes und erkennendes Lächeln erlaubt sie sich, ihm zu zeigen.

—Arg —wiederholt Tom—. Weißt du, ob sie mich geliebt hat?

—Darüber wurde niemals gesprochen, nie —sagt Diana—. Sie ist gestorben, vor fast drei Jahren.

Tom hebt das Glas und prostet Alice im Himmel zu. Diana zieht an ihrem Joint. Sie verdreht die Augen. Sie hüstelt. Die Bewegungen ihrer Glieder werden fahrig.

—Wie kamst du dann drauf bei der Woke-Kampagne gegen mich? —sagt Tom.

—Durch den Brief, den du ihr geschrieben hast, als das zwischen euch lief —sagt Diana—. Er lag bei ihren Unterlagen. Es war ekelhaft, ihn zu lesen. Ich habe mich übergeben.

Tom hebt das Glas und prostet Diana zu. Unscharf schweift sein Blick über die Regalwand, vor der sie sitzt. Er liebt seine Bücher, die er inzwischen gesammelt hat; ein jedes erkennt er an dessen Rücken, weiß, was in ihm steht, ein jedes geeignet, Dianas berechtigte Empörung hervorzurufen, die Empörung von damals, des Berufsrevolutionärs, die Empörung von jetzt, der großen Dame der spezifisch deutschen Rezeption der Gendertheorie, radikaler als überall sonstwo in der Welt. Ihr inzwischen gereiftes, unvertrautes Profil uneingestandener Sinnlichkeit zeichnet sich scharf ab vor dem vertrauten Hintergrund des trockenen Geistes, so trocken, dass man ihn hin und wieder mit Whisky benetzen und in Bewegung setzen muss. Wenigstens Karin, Toms Mutter, funkt ihm nicht mehr dazwischen.

Gleich wie Diana damals nicht dem Bild entsprochen hatte, das sie abgeben wollte, so auch jetzt. Sie sieht nicht aus, wie x-mann-frau sich eine feministische Kämpferin gegen die biologische Tatsache der Weiblichkeit vorstellt, ob bodygebildete Speerträgerin, übergewichtige Worthülse oder hyperattraktiv barbusige Modellfeme. Ihre Normalität ist aufreizend anormal, einzigartig und das Licht ihrer Schönheit einzig Tom sichtbar.

—Ich habe von dir niemals einen so schönen Brief erhalten —sagt Diana.

—Posthum eifersüchtig? —sagt Tom.

—Traurig —korrigiert Diana. Ihre Regenbogenhaut färbt sich dunkel.

—Wir beide waren doch schon auseinander —sagt Tom—. In meiner Erinnerung ist sie immer noch Ende dreißig, damals für mich ‹zu› alt, heute wär's für mich ‹zu› jung. Du dagegen darfst mit mir gereift sein.

—Genau deshalb —zitiert Diana—. Es hätte besser gehen können, wenn ich damals nicht so verknallt in die Partei gewesen wäre. Vielleicht hätten wir eine Chance gehabt.

—Stattdessen mich öffentlich canceln —sagt Tom.

—Jetzt psychologisierst du, wie mein Vater das gemacht hat, degradierst mich zu einem Gegenstand, zum Forschungsobjekt, zum Objekt der Analyse; das ist degradierend —sagt Diana.

—Ist das etwa nicht degradierend, Gegenstand einer Kampagne zu werden? —sagt Tom.

—Du könntest ärgerlich sein, ausflippen, und —sagt Diana—, mir sagen, wie sehr du mich hasst, verachtest, wie sehr ich dir geschadet und weh getan habe, stattdessen sitzt du da, lehnst dich zurück, kreuzt asketisch die Beine, statt sie zu spreizen, wie frau es von Männern erwartet, nippst selbstverliebt an deinem Whisky und himmelst mich an. Ich möchte aus meiner Haut fahren, wenn ich dich so anschaue.

—Objekt der Analyse —sagt Tom—. Hast du eine Ahnung, warum es mit deiner Mutter dann so Knall auf Fall aus und vorbei war? Von ihrer Seite aus, meine ich, nicht von meiner.

—Nein —sagt Diana—. Vielleicht warst du so etwas wie eine uneingestandene, beiderseitig verheimlichte Verbindung zu Hermann, meinem Vater; und irgendwo, glaube ich inzwischen, hat sie die Trennung von ihm nie verstanden und nie überstanden. Drum galt das strikte Verbot, zu ihm zu gehen.

—Aber wusste sie, dass ich, dass wir Kontakt zu ihm hielten? —sagt Tom.

—Wie bei einer Affäre; gerochen mit untrügerischer weiblicher Intuition —Diana grinst schief.

—Was für ein Cliché —sagt Tom—; wäre das kein sexistisches Klischee?

Buffy hatte fertig und Tom lässt, von Nostalgie übermannt, Frumpys *How the Gypsy Was Born* mit Inga Rumpf laufen. Synthetischer Stream. Wo ist das ganze Vinyl hin, denkt Tom. Aber natürlich geht es eigentlich immer bloß um Sex. Bei Männern und bei Frauen ebenso. Sicherlich ist das bei Divers und Verbündeten nicht anders, ausgenommen bei denen, die jedenphobies vorgeben, a-sexuell zu sein. Die haben dann andere Objekte ihrer Libido. (Ohne Libido ist w-m-x tot.)

—Hermann galt als heikles Terrain? —sagt Tom.

—Ich hatte dir doch gesagt, damals, dies Thema sei tabu —sagt Diana—. Aber mehr wusste ich, damals, ja selber nicht. Außer, dass es stark nach Ungehorsam roch, zu ihm zu gehen, mit dir zu ihm zu gehen.

—Und dann ergab es sich durch den Gehorsam der Partei gegenüber, dass du deiner Mutter gehorsam sein konntest —sagt Tom.

—Die Partei, die hat immer Recht —sagt Diana—. Schafft zwei, drei, viele Vietnam. Auf dem Schlachtfeld wie in den Köpfen.

—Deinen Vater hinzurichten —sagt Tom—, schuf ein Vietnam auf beiden Ebenen. So viel ich verstanden habe, warf man ihm <Psychologisierung des Terrors> vor, weil er über Mitglieder des <bewaffneten Kampfes in der BRD> ein ethnologisches Gutachten für das Profiling durch die Verfassungsschützer schrieb, mit dem er die <großbürgerlichen respektive lumpenproletarischen Wurzeln> jener aufdeckte.

—Die Partei wies alle Akte individuellen Terrors zurück —sagt Diana—. Sie nannten wir <kleinbürgerliche Pseudo-Militanz> und <revolutionäre Ungeduld>.

—Auf dieser Demonstration gegen seine Beerdigung bist du aber gewesen —sagt Tom.

—Es hat mich mitgerissen —sagt Diana.

Diana seufzt.

—Die Lektion deines Vaters —sagt Tom—. Als wir ein Paar waren und ihm zu Füßen auf dem Sisalteppich saßen. Du erinnerst dich?

—An jedes Wort —sagt Diana—. An das Piksen der Fasern im Hintern. An deinen Arm, den du mir um die Schultern gelegt hast.

Diana seufzt.

Untersteh dich, sage ich Tom. Sie will dich doch bloß als *Räuber* sehen, der sie zum Sex zwingt (überkommene Archetypa); um's dir dann vorzuwerfen (neuerworbenes schlechtes Kulturgut).

Meine Warnung kommt zu spät.

—Schließlich bilden die Konformisten ebenfalls eine Masse —Diana wendet sich an die abwesende Masse des studentischen Volksgerichtshofs—, eine Phallanx, die Veränderung unterbindet. Da sie die Konformisten sind, nimmt sie keiner als Sekte wahr.

—Hermann war gar kein Konformist —sagt Tom—, und ich, hoffentlich, bin es nicht.

—Und du übst nicht Widerstand —auch Tom redet zu jener abwesenden Masse des studentinnischen Volksgerichtshofs—, bist kein böses Mädchen. Als das brave Mädchen vollstreckst du den Willen der herrschenden Meinung, Meinung der Herrschenden.

—Muss ich mir das anhören? —sagt Diana.

—Das entscheidest du allein —sagt Tom—. Ich habe dich nicht gerufen. Dir steht frei, zu gehen.

—Lass uns nicht streiten —sagt Diana—. Was ich hier will, ist eben, unsere verlorene Jugend zu begießen und zu verkiffen.

Tom, der Retter, nickt und nippt.

—<*Don't bogart the joint*>, sagten wir, damals —sagt Diana—. Aber du gibst dich mit dem Whisky zufrieden und ich kann meinen Joint für mich behalten.

Diana lacht.

‹Bums Bums Bums Zang Tumb Tuum.›

Im Gefängnis begann Tom, die Theologie zu studieren. Nach seiner Freilassung verlor er jedoch wieder das Interesse an ihr, soweit man von seinen Handlungen in der Außenwelt auf seine Innenwelt schließen darf. Weil man davon ausging, dass ein Interesse bloß geheuchelt war, vermutlich um seine vorzeitige Entlassung zu erwirken, stellte dies selbst für Atheisten ein gewisses Geschmäcklein dar und legte sich als Hindernis in den Weg zu Prawons Popularität. Er hat es dennoch geschafft, was immer das heißen mag. Und zu welchem Preis? Das Volk sieht nicht auf die Person, nicht auf die Frau, nicht auf den Mann, sondern auf die Funktion. Die Massen: Sie agieren niemals führerlos, die Massen hungern nach der Funktion. Doch sie sind wählerisch und wankelmütig. Wer plant, populär zu werden, schafft es nicht. Alle, die behaupten, dass dies möglich sei, haben es selber nie demonstriert. So war dein erster Anlauf, Tom, ein glatter Misserfolg und du hast bezahlen müssen mit deinem Vater, mit langen Jahren Gefängnis und mit deinem Gewissen. Dann freilich warst du da, als das Klima der Gesellschaft und das des Planeten sich gewandelt hatte. Du warst da, aufgebaut durch deine Hinterfrau, aber hast nicht mit der Rache des geschundenen Weibes deines Vaters gerechnet. Hättest du doch *sie* begehrt! Ödipus war es leichter als du. Aber hier ist nicht der Ort, dich zu bedauern; und du hast weder Persona noch Anima, die

Bedauern verdienen. Ganz unverdient bist du geworden, was du warst; verdient hast du es wieder verloren.

Die Beisetzung meines Opfers (oder aber, in unserer damaligen Terminologie: des eigentlichen Täters) verfolgte mich medial in unserer konspirativen Wohnung kurz vor meiner Verhaftung. Die Genossen bejubelten unseren Triumph einmal mehr. War Judith noch dabei, damals, 1983? Ich erinnere mich nicht, sagte Tom zu mir. Aber das war gelogen. Jedenfalls glaube ich es dir nicht. Zwar mag das Zusammentreffen der persönlichen Katastrophe und des Triumphes unter den Genossen eine Amnesie bei dir ausgelöst haben, die Anwesenheit oder Abwesenheit der Göttin, mit der du alles verbunden hast, was du zu sein meintest, lässt sich jedoch nicht auslöschen, ohne dich auszulöschen.

Ich *bin* ausgelöscht, flüstert Tom mir zu. Ich *war* tot. Schreibe, was du gesehen hast und was ist und was geschehen soll danach.

Was hast du gefühlt, du Tom, als der Schuss fiel? Die Täterin oder den Täter hast du bis zum Schluss gedeckt. Bloß, um nicht den Anschein zu erwecken, dich aus der Verantwortung stehlen zu wollen (damit man ‹Buße zu keiner Technik macht, um Mord zu ermöglichen›, so hattest du erklärt), wie du öffentlichkeitswirksam in Szene gesetzt wurdest? Oder aus Hörigkeit der Sache gegenüber, von der man dich distanziert sah? Oder etwa aus Hörigkeit der Frau gegenüber. Das würde ich dir am ehesten verzeihen, mein lieber Feind. Dann wäre Judith es gewesen, die geschossen hat? Was hast du gefühlt, Tom, falls diese Überlegung richtig sein sollte, als deine Geliebte den geliebten Vater erschossen hat, der nicht hart, gewalttätig, grausam war, vielmehr im Gegenteil?

Wir können hier an dieser Stelle nichtmal einen Ödipus-Komplex konstruieren und diagnostizieren. Nichtmal Epilepsie kannst du als Entschuldigung anführen, Tom. Gab es kein Übermaß an Über-Ich, vielmehr dessen Untermaß? Wir stehen ratlos vor diesem Rätsel. Wenn es doch nur irgend etwas in der Familiengeschichte gäbe, mit dem wir es uns erklären könnten! Wir wollen nicht, dass irgend etwas passiert, was wir uns nicht zu erklären vermögen. Die Erklärbarkeit bildet die Vorstufe zur Beherrschbarkeit. Aber Schönheit, notiert Tom in seinem *<Berliner Tagebuch>*, Judith zitierend, gibt's bloß noch im Kampf. Nun bist du der Vater, aber der tote Vater. Jetzt hat dich der Vater getötet.

Doch die Psychologie ist ein Stock mit zwei Enden. Das eine Ende hast du erfasst, Tom, das andere aber ist in der Hand von Karin. Sie spielt mit ihm herum wie mit einem Zauberstab, sie dirigiert dich, sie hat dich in der Hand. Psychologie: Sie tut unschuldig, sie erklärt, sie erläutert, sie behauptet gar, der Heilung und dem Wohl des Menschen zu dienen. Welches Menschen? Mit ihm bist nicht du gemeint, Tom; bilde dir das nicht ein. Nein, die Psychologie ist eine mächtige Waffe, und noch dazu eine viel mächtigere Waffe als die, die du nichtmal in den Händen gehalten hast, sondern jemand Anderes (sei sie, wer es wolle), stellvertretend für dich, die du gegen deinen Vater gerichtet hast, mit der du ihn vernichtet hast, mit der du ihn allmächtig gemacht hast, mit der du sie (sei er, wer es wolle) allmächtig gemacht hast. Eine Tat ist nichts ohne Psychologie. Eine große Tat ist nichts ohne Psychologie. Eine niederträchtige Tat ist nichts ohne Psychologie. Eine Tat ist nichts ohne die Wirkung, die sie auf Andere ausübt. Nahezu keine Taten entfalten irgendeine Wirkung, wenn sie unbemerkt, unbekannt, unscheinbar bleiben. Diese Taten verpuffen.

Im Prozess, wegen Mitgliedschaft, selbst aktive Beihilfe konnten sie mir nicht schlüssig nachweisen, warf mein Anwalt, mein eigener Anwalt, man stelle sich das *bildlich* vor, die Frage auf, ob Judith Marinetti tatsächlich existiere. Sie war nicht gemeinsam mit mir und mit den Übrigen verhaftet worden, es gab eine Frau mit diesem Namen, die zu unserem Profil gepasst hätte, nirgends. Wo nach den Spuren der Liebe suchen? Hinterlässt die überhaupt irgendwo Spuren? Wir wollen das Ausrufezeichen preisen, doch im Ende, oder, an diesem Punkt, im Anfang enden wir als Fragezeichen.

Das Fragezeichen markiert das Ende: das Ende des Blutrausches. Es unterbricht den Blutrausch. Es reißt den Schleier von der Verblendung. Das Fragezeichen ist der Feind der Geschwindigkeit. Der Geschwindigkeitsrausch geht dem Blutrausch voraus. Der Blutrausch setzt voraus, dass alles schnell gehen muss, dass keine Zeit bleibt, Atem zu schöpfen und beide Enden der Psychologie zu bedenken und nicht nur dem Denken, vielmehr auch dem Fühlen eine Chance zu geben. Nicht nur nachdenken, mitdenken, vielmehr auch: nachfühlen, mitfühlen. So wolltest du es auch in der steilen politischen Karriere halten, Tom. Es sollte keine Zeit sein für eine Diskussion und für das gemeinsame Einfinden. Gemeinsamkeit sollte bloß geduldet werden, wenn sie ohne zu Zögern die einzig mögliche Lösung schnellstmöglich umzusetzen hilft, sollte sich nur konstituieren, indem der einzig möglichen Lösung schnellstmögliche Umsetzung gewährt wird. Alles, was der schnellstmöglichen Umsetzung der einzig möglichen Lösung entgegensteht, sollte nicht Teil der Gemeinsamkeit sein. War nicht Teil der Volksgemeinschaft, sondern Teil des Reichs jenseits der Lösung: des Bösen. War Teil derer, die die Lösung verhindern und damit das Leben, die Gesundheit und das Wohlergehen eines jeden Volksgenossen aufs Spiel setzen. Die Distanzierung von der Vergangenheit, Tom, dein Abschwören des Terrorismus war reine Heuchelei. Deine Politik ist pure Fortsetzung des Terrorismus mit anderen, mit den geeigneteren, mit den erfolgreicheren, mit den populäreren Mitteln, nachdem du erkannt hast, dass die Massen dem bewaffneten Kampf nicht folgen. Die Massen folgen lieber dem Kampf, bei welchem die Waffen unsichtbar geworden sind.

Aus Toms nachgelassenem *‹Berliner Tagebuch›*: ‹Für Judith. Siebenköpfige Kobra warum rechtfertige ich mich vor dir rechtfertige ich mich für die Gefühle die ich habe für dich oder für andere denkst du ich breche deine Treue nein Mama ich breche deine Treue nicht ich halte sie und will nicht weg ich brauche sie zum Wachsen Teilen Dasein.›

Das *‹Berliner Tagebuch›* von Thomas Prawon wurde zu einem weiteren Triumph über Vater und Mutter und über den Anstand. Obwohl-weil seine Veröffentlichung eine juristische Ouvertüre flankierte, belegte es 1998/99 Monate lang Spitzenplätze in allen Bestsellerlisten. Ein Schriftsteller pries es als das ‹gewaltigste Werk, das die gewaltigen kommenden Umbrüche im 21. Jahrhundert begleiten und anregen› werde. Eine Feministin hob hervor, die Autor:in werde ‹ein Leuchtturm sein in dem Wandel der Geschlechterrollen, der zwar unaufhaltsam ist, aber dennoch forciert werden muss›. In der vormals konservativen FAZ hieß es, die Aufzeichnungen seien

‹ein Fanal, weil es die Wandlung vom Revolutionär auf-
zeigt, der auf die konservativen politischen Traditionen
seines Landes sich zurückbesinnt›. In der vormals linken
TAZ hieß es, Thomas Prawons Überlegungen berührten
‹jedes denkende und fühlende Wesen im Innersten›
und leiteten ‹über zu dem unermüdlichen Einsatz für
die Gleichheit in einem materiellen, nicht einem toten
und formalen Sinne›. Der Spiegel forderte seine Leser
auf, ‹wer Ohren hat, der höre›. Eine Kirchenzeitung
beging gar die Blasphemie, das *‹Berliner Tagebuch›* als
‹Öffnung der ersten sechs Siegel› zu bezeichnen. Ich
will es damit sein Bewenden sein lassen, sonst wird mir
übel.

Klaus, mein Schulfreund, war bei seinem Vater und
ohne Mutter aufgewachsen. Von einem gewissen Alter
an malten wir uns gemeinsam eine Mutter für ihn aus.
Wir formten sie nach unserem Bilde, vor dem wir nieder-
knieten. Sie war schön und liebevoll. Hatte Augen wie
Tauben hinter ihrem Schleier. Dann nahm sie Kontakt
zu uns auf! Das durften wir aber keinem mitteilen, ganz
besonders nicht seinem Alten. Wie hätten wir damals auf
ihren Namen kommen können? Auf ‹Judith› vielleicht.
Aber auf ‹Marinetti›? Wie könnte es sein, dass wir uns
sie nur einbildeten? Klaus verstand auch nicht, wie sein
Alter, der doch im Team unserer Verteidiger arbeitete,
RA Alexander Breitweg, die Strategie seines Kollegen
mittrug. Es konnte nicht anders sein, als dass er seine
Ex-Gemahlin oder Ex-Geliebte (vermutlich Gemahlin,
falls das mit ihrem Namen stimmen sollte) vernichten
wollte, die, die uns den Weg gewiesen hatte, um die Welt
vom Imperialismus der Yankees zu reinigen und so alle
unterdrückten und geknechteten Völker zur nationalen

Befreiung zu führen. Aber er teilte dennoch, wie er zumindest vorgab und unsere Genossen überzeugt waren, unsere Ideale, die auch ihre Ideale waren. Er war der, dem ihre Existenz am bekanntesten hätte sein müssen.

Existenz hat keine Bedeutung mehr. Die Frage, ob sie der Essenz vorausgehe, ist nicht gelöst und ist auch nicht obsolet, sondern sie tritt zurück hinter der Tatsache, dass nur noch wahr ist, was für wahr gehalten wird. Dies mag von Anbeginn des Denkens, oder vielmehr, wessen es bedarf, des Sprechens so gewesen sein. Dies mag auch unausweichlich sein. Doch dass es ein Instrument wird zur Gestaltung der sozialen Wirklichkeit, ist neu und bedrohlich. Terrorismus ist schlimm, wird aber übertroffen von Staatsterrorismus; aus berufenem Mund. Ist das Ihr Ernst? Ich weiß, wovon ich spreche. Belassen wir es hierbei.

Aus Toms nachgelassenem *‹Berliner Tagebuch›*: ‹Für Judith. Gedicht. Wieder nur Worte. So viel Gedicht in mir. Füllt Bände. Wiegt schwer. Linkische Blätter. Befrage ihren Wert. Bezweifle. Aber wir. Wir sind einander der Schlüssel zu meinem dir unverschlossenen Irgendwogarten.›

Klaus, Toms Schulfreund, war bei seinem Vater ohne Mutter aufgewachsen, aber er hatte ein Kinderfräulein, Sophie. Von heute aus gesehen war sie nicht viel älter als wir, aber von damals aus gesehen war sie unerreichbar (in der Prä-Judith-Ära), eine Rose unter Dornen. Klaus provozierte sie liebend gern, sodass sie ihm den Po verdrosch, und zwar am liebsten, wenn sie ihm erst die Hose runterzog. Das war streng verboten, der Herr Rechtsanwalt hatte ihr jegliche Körperstrafen untersagt. Es blieb ihr gemeinsames Geheimnis. Dass ich eingeweiht wurde, war ein Privileg, um das Tom viele beneideten. Wer aber überwindet, dem wird Macht gegeben werden.

Dass Tom mit Judith in die Kiste ging, war Klaus zunächst nicht geheuer. Doch dann erlag auch er ihrem Charisma, vermochte nicht, sich ihm zu entziehen. Er folgte ihnen in den Untergrund, in das Abenteuer. Zu lange hatte Frieden geherrscht. Wir wollten den Krieg verherrlichen als Hygiene der Welt, die hehre Idee, für die man stirbt, aber nicht die Verachtung des Weibes. Wir glaubten eben, nicht Rosse, sondern Rosen seien für den Krieg gerüstet.

Theodor W. Adorno schrieb *exklusiv* für Tom: ‹Noch das äußerste Bewusstsein vom Verhängnis droht zum Geschwätz zu entarten.›

Ich bin es gewesen, der Judith aufgerissen hatte. Wir, Klaus und ich, hatten begonnen, uns mit den Schriften des großen proletarischen Psychoanalytikers Wilhelm Reich zu beschäftigen. Mich törnte er mehr an als Klaus, und ich besuchte einen Gesprächskreis. Alle anderen, die dort teilnahmen, waren viel älter als ich, von damals aus gesehen, von heute aus gesehen bloß ein paar Jahre. Von ihnen als Gesprächspartner ernst genommen zu werden, ehrte mich. Ich fühlte mich schrecklich geadelt. Die, unerreichbaren, Frauen: Mein Damaskus schlechthin. Es schlug mich stundenlang, tagelang in den Bann. Ich konnte schwärmen, wie ich wollte, Klaus blieb dabei, nicht mitzumachen. Dann jedoch offenbarte eine der Frauen sich mir, nebenbei, als die Mutter von Klaus. Wir hatten sie gefunden! Sie durfte nicht bei Klaus sein, nicht bei seinem Vater, denn sie lebte im Untergrund. Sie hantierte mit Waffen. Sie war nicht bloß ein Maulheld, sondern sie tat: tat: tat etwas. Das hatte mehr Wert als das

Geschwätz der Übrigen, mehr Wert als das Beschäftigen mit dem toten Papier, das nutzlose Worte eines längst verstorbenen und dann auch noch verrückt gewordenen Psychoklempners verzeichnet. Rasch wuchsen wir über bloßes Gehirngewixe hinaus und reihten uns ein in diese internationale Armee, die für Gerechtigkeit auf unserem Planeten sorgen würde.

Worten wollten Waffen folgen, so wurde uns klar, denn die Waffe ist wertlos ohne das Wort, aber das Wort wäre um ein Wesentliches wertloser ohne die Waffe. Es gibt so viele Bedenkenträger; an den Bedenkenträgern wird die Welt zugrunde gehen, die Armut obsiegen, der Wald vertrocknen, das Meer versauern, und das alles um einer verstrahlten Zukunft willen, die keiner will. Wer sie dennoch will, der muss dran glauben. Befreite Worte wollen befreiende Worte werden.

—Wir brauchen diesen Wilhelm Reich ab jetzt nicht mehr —sagte Judith—. Er war sicherlich wichtig, um uns aus unseren kleinfamiliären Verstrickungen bürger- licher Doppelmoral zu lösen, um dich fähig zu machen für das, was du getan, was du erreicht hast, wofür die revolutionären Massen dir auf ewig zu Dank verpflichtet sein werden. Fürchte dich nicht, denn das war unser Hochzeitsmahl. Aber nun muss Wilhelm Reich ab auf den Scheiterhaufen der Geschichte. Muss er selbst ent- larvt werden als Kleinbürger, über den die Revolution hinwegzugehen hat. Hinweg mit dem allzu leeren Ver- sprechen von Glück im Kapitalismus, der in einer jeden Beziehung nur den Schacher sieht. Es gibt keine Liebe, nichtmal eine normale, anständige Sexualität. Sie ist erst mit einer Waffe in der Hand zu erlangen. Töten und getötet werden, das vermittelt den einzigen tieferen und wahren Orgasmus, der uns jetzt möglich ist. Du bist mir Bruder, Sohn und Vater. Die Gefährten lauschen dir.

Aus Toms nachgelassenem ‹*Berliner Tagebuch*›: ‹Für Judith. Wie wir unsere Waffe teilen einander anbieten geben verweigern verleugnen wir unsere geteilte Liebe.›

Als ich etwas mit Judith anfing, weil sie wusste, wie man Jungs verführt, war Klaus zuerst ziemlich sauer gewesen. Aber wie hätte sie auch etwas mit *ihm* anfangen dürfen, ihrem Sohn? In der schönen neuen Welt würden diese bürgerlichen Vorurteile keine Rolle mehr spielen und die Menschen glücklich sein. Doch bis dahin galt es, den Unrat auszukehren und reinen Tisch zu machen. Unsere Ideale von damals, sollen die denn alle falsch gewesen sein?, jammert Tom mir gegenüber, oder waren es nicht vielmehr nur die untauglichen Mittel? Und die Wahl unserer Opfer?

Sie küsste mich mit dem Kuss ihres Mundes.

—Hast du Geschwister? —sagte Franz Claußen, der Gefängnispfarrer.

—Was ist das für bürgerliches Geschwätz! —sagte Tom—. Willst du mich etwa beleidigen mit deiner heuchlerischen Menschlichkeit? Ich habe Brüder und Schwestern, Schwestern und Brüder überall, vor allem in Vietnam, auf Cuba, überall, wo für das Volk gekämpft wird.

—Der Herr lädt dich zu Tisch —sagte Pfr. Franz—, willst du Platz nehmen?

—Spürst du denn überhaupt keine Angst, dass ich dich erwürge? —sagte Tom.

—Vielleicht will der Herr, dass ich an Herzinfarkt sterbe —sagte Franz—. Oder durch deine Hand. Es soll mir einerlei sein. Zunächst bietet er dir einen Platz an

⊘ **Siebenköpfige Kobra** $\underline{\underline{\text{def}}}$

warum rechtfertige ich mich

vor dir ↻ **rechtfertige ich**

mich ↔ **für die Gefühle** ↻

die ich habe für dich ↶

ooooooder für andere ↬ **denksttttttt**

du ↶ **ich breche deine**

Treue ↶ **nein** ↷ **Mama** ↷

ich breche deine Treue nicht

↻ **ich halte sie** ↻ **und will**

nicht weg ↬ **ich brauche sie**

↶ **zum Wachsen** ↔ **Teilen**

↔ **Dasein** ⊗

49

Aus dem *Berliner Tagebuch* von Thomas Prawon,
futuristische Umsetzung: Luce M. Breitweg.

Aus dem *Berliner Tagebuch* von Thomas Prawon,
futuristische Umsetzung: Luce M. Breitweg.

Seinem Tisch an. Und was, wenn mein letzter Gedanke, während du mich erwürgst, ist: ‹Herr, vergib ihm!›?

—? —sagte Tom.

—Ich habe meinen Vater ermordet —sagte Tom; das muss allerdings ein Gespräch aus späterer Zeit gewesen sein, sagte Tom zu mir; später, als ich bereits Abstand gewonnen hatte, Abstand zu der Tat, die mich noch fassungsloser macht als Andere. Vielleicht erst, nachdem Judith wieder aufgetaucht war, nicht bei mir, sondern infolge der Wende als eine in der DDR abgetauchte Braut, Anne S. Breitweg; ihr Großvater *mütterlicherseits* war Filippo. Alles hätte noch gut werden können, hätten wir nicht jene Schuld auf uns geladen. Hätte sie mich nicht verführt (dies soll keine Entschuldigung sein, obwohl es eine wäre). Hätte sie sich nicht mit der DDR eingelassen. Hätte sie uns, mich nicht verraten. Hätte sie mich nicht am langen Arm emotional verhungern lassen. Und hätte sie wenigstens jetzt, nach dem Zugriff, mich nicht ignoriert. Ja, ich bin ein Vatermörder, sagte Tom zu mir; darf ich nicht trotzdem Gefühle haben?

—Beihilfe —intensivierte Franz—, allenfalls.

—Ich habe geholfen, dass mein Vater ermordet wird. Das schwerste Verbrechen seit Menschengedenken. Wie kannst du überhaupt mit mir sprechen? —sagte Tom.

—Würde es denn ihm helfen, dir helfen, mir helfen, deiner Mutter helfen, wenn ich nicht mit dir sprechen würde? —sagte Franz.

Was Tom während der zermürbenden Zeit im Gefängnis aufrecht erhielt, war neben und nach Gefängnispfarrer Franz Claußen und über ihn hinaus Eva. Eva hatte irgendwann begonnen, ihm Briefe zu schreiben. Sie war es, die ihn mit ihren Briefen überzeugt hatte, sich nicht den selbstmörderischen Hungerstreiks der selbst-ernannten ‹politischen Gefangenen aus Guerilla und Widerstand› Mitte der 1980er Jahre anzuschließen, was ihn in die Gefahr brachte, als Verräter dem Wüten der eigenen Leute zum Opfer zu fallen. Nach seiner Entlassung war sie es, die ihn in Empfang nahm. Sie hatte ihn nie besucht und nie ein Bild geschickt. Jetzt wusste Tom, warum, und er war schockiert. Denn sie war noch ein Kind, na ja, inzwischen eine Jugendliche; als sie mit dem Briefeschreiben begonnen hatte, musste sie aber noch ein Kind gewesen sein.

Auch Eva hatte eine Mission.

Auch Eva kämpfte für eine bessere, sauberere Welt. Unser Lager ist grün.

Auch Eva gab Toms Leben einen Sinn.

Eigentlich waren wir noch damit beschäftigt, uns die Asche des ermordeten Prof. Dr. Paul Prawon aufs Haupt zu streuen. Waren die Genossen Täter denn fähig, eine trauernde Familie über die Bildschirme flimmern zu sehen? Waren sie bereit, erschütterte Wesen zu erkennen? Sie sehen bloß mechanische Masken, sie erkennen nur tote Materien, die ein eigens gegen sie gerichtetes, also überkommenes Ritual vollziehen.

—Du musst jetzt ganz tapfer sein —sagte Eva zu Tom—, die Gegenkandidatin von dir bei den Sozen, unseren Wunschkoalitionspartnern, ist Karin Prawon, deine Mutter.

Das heißt, inzwischen haben Eva und Tom, Tom und Eva sich in der Partei zäh wie Leder nach oben gekämpft, die Regierungsbeteiligung steht bevor, die Krönung der Anstrengungen, der Lohn, sich immer und überall geschickt mit der terroristischen Vergangenheit sowohl in

Szene zu setzen und zu schmücken, als sich auch mit erwarteten angemessenen Worten von ihr zu distanzieren, bis jetzt diese beiden Prawons sich Auge in Auge gegenüberstehen.

Auge in Auge, nicht ganz. Noch nicht ganz. Ob es zum Showdown kommt? Beide zierten sich, doch ihre jeweiligen Hinterfrau*en und -männ*er drängten sie. Noch waren es bloß erst Vorgeplänkel, welche Andere auszubaden hatten.

Was hast du nun *gefühlt*, fragte ich Tom, damals, als du deine trauernde Mutter in den Fernsehaufnahmen sahst, du in deinem Unterschlupf?

Tom fand keine Zeit, zu antworten; er war besetzt. Eine Hinterfrau oder ein Hintermann Karin Prawons griff Evas Minderjährigkeit zum Zeitpunkt der Entlassung des verurteilten Terroristen Thomas Prawon auf und erwirkte eine Anklage. Allerdings konnte Karin zum Zeitpunkt der Ermittlungen Eva nicht als armes Opfer präsentieren, denn sie war den Ermittlungen gegenüber unkooperativ gewesen, sie konnte sie nichtmal in Person präsentieren, denn sie erschien gar nicht. Mann suchte nach bildlichen Beweisen, man fand sie nicht. Eva war wie vom Erdboden verschlungen und Genosse Stalin hatte in Weisheit und Allmacht alle Fotos gephotoshopt. Toms Anwalt kramte nun die alte Geschichte mit Judith hervor, schon damals sei es um ein Gehirngespinst gegangen, sein Mandant sei offensichtlich unzurechnungsfähig und lebe in einer Fantasiewelt. Tom protestierte. Judith wäre aufgetaucht, nach der Wende; wäre in der DDR abgetaucht, sie habe sich dort versteckt dem Zugriff des westdeutschen Staatsschutzes entzogen. Anne-Sophie Judith Breitweg-Marinetti, er kannte sie halt bloß unter abgekürztem Namen. Und? Kann er Judith oder Anne oder Sophie dem Gericht vorweisen? Nein, nein, er wusste nicht, wo sie wohnhaft war. Sie vermied jeden Kontakt mit ihm, eventuell da sie in ihm einen Verräter sieht. Sie ließ nicht vom Projekt der Guerilla, kritisierte deren Erklärung zur Selbstauflösung. Die, die die Erklärung verfasst hatten, besaßen keine Legitimation, das zu tun. Sie waren vom Staatsschutz gekauft. Tom redete sich in Rage, Tom redete sich um Kopf und Kragen.

—Auch Sie scheinen sich ja immer noch damit zu identifizieren —sagte der Ermittler.

—Würde ich mich, Ihrer Meinung nach, um ein Mandat in genau dem Parlament als Leitungsgremium genau des Staates bewerben, den wir mit dem Projekt einer Guerilla im imperialistischen Westdeutschland, damals, zerstören wollten? —sagte Tom.

Das Verfahren wurde jedoch niedergeschlagen. War das eine größere Katastrophe für Karin [Prawon] oder für Tom Prawon?

Auch an der Handschrift hätte Tom nicht das Alter von Eva abschätzen können, denn sie schrieb mit Schreibmaschine. Die hatte sie von ihrem Vater. Mehr schrieb sie nicht über sich oder über die Familie, über die Schule, über die Freundinnen, die sie nicht hatte, über die Freunde, die sie nicht haben wollte. Sie schrieb über die Bücher, die sie las. Sie fragte Tom nach seinen Büchern, die er las. Sie studierte, indirekt, mit ihm die Theologie. Sie war begierig auf das, was ihn interessierte. Sie lebten in dieser gemeinsamen Welt, die nicht von dieser Welt war, einer Welt, in der ganz andere Regeln herrschten und vor allem weit und breit keine Spur von Schuld zu befürchten war. Eva forderte nichts und gab alles. Sie gab das Gefühl, das Tom im Gebet suchte und nicht fand, sondern bei ihr, das Pathos der Unschuld. Darum fiel ihr es nach seiner Entlassung auch leicht, ihn von seiner doch im Sinne erzielbarer Öffentlichkeitswirksamkeit nur hinderlichen und auch beschämenden Religiosität wieder abzubringen, wenn das hiermit verbundene Geschmäcklein auch zunächst für einige Rückschläge sorgte.

Tom schrieb mir: ‹Man kann nicht weiterleben mit einer Schuld, die untilgbar ist, vielleicht zwar vor einer verweichlichten Gesellschaft, nicht aber vor meinem eigenen Maßstab. Dass ich mich in die Politik geworfen habe, war die Betäubung, die ich mir täglich zufügen musste, anstelle anderer, ebenso schädlicher, allerdings vermutlich gesundheitsgefährdenderen Narkotika. Das Desaster einer öffentlichen Debatte mit meiner Mutter haben weder Eva noch ich vorausgesehen. Das haben wir schlicht nicht bedacht.› (Unglaubwürdig!)

Und dieser Tom soll ich sein? Du hast sie ja nicht mehr alle, Tom. Ich verleugne dich. Die innere Erregung, über dich zu schreiben, verrät dem kundigen Psychoanalytiker freilich, dass die Verbindung vorhanden ist und nur verdrängt wird, der Fachbegriff für *verleugnen*. Das Theologiestudium Toms hat die Funktion, die Einsichten der Psychoanalyse zu versiegeln. Doch das Verdrängte kehrt zurück, immer. Es gibt kein Entrinnen. Man hätte ja auch etwas anderes schreiben können. Und anders: Man *hat* etwas anderes geschrieben in dem Sinne, dass jemand Anderes etwas anderes geschrieben hat. Ich kann nur schreiben, was ich schreibe, und nichts anderes. Sogar wenn ich Tom Suizid begehen lasse, wird er weiterleben, in mir weiterleben, nicht tot zu kriegen sein. Mögen's Andere psychoanalysieren. Davon werden die Hungernden nicht satt.

Judith schreibt mir: ‹Tom war ein braver Junge, als ich ihn kennenlernte. Er hat seinen Vater geliebt und verehrt. Die Entscheidung, den bewaffneten Kampf gegen das Schweinesystem aufzunehmen, war die reine kalte Ratio, sie kam nicht aus dem Herzen. Deshalb war es unbedingt nötig, jedes Gefühl zu töten. Die Entscheidung, dass unsere Aktion seinen Vater treffen würde, hat er aus Überzeugung mitgetragen und es war seine Feuertaufe. Dass er später von 'nem geschickten Agenten des Bullenstaats im Gewand eines Pfaffenrocks umgedreht werden konnte, ist ein Faustschlag für die Sache des Volkes.

Natürlich, es darf geschossen werden. Nach wie vor.›

Und ewig lockt das Weib. Judith ist sicherlich die Inkarnation aller Ängste von Pfarrer Franz, mehr noch als Eva, die in ihrer Kraft, den edlen Mann zum Bösen zu verführen, so sehr gebunden ist an die Konformität der Gesamtgesellschaft. Judith dagegen muss gegen diese Konformität wirken, wenn sie auch einer nach innen gerichteten Konformität mit um so größerer Brutalität bedarf, um das Ziel zu erreichen. Aber welches Ziel ist das? Das bleibt unklar. Wenn es klar werden würde, könnte es nicht mehr die Inkarnation des Bösen sein.

Prüfen, ob Judith ggf. V-Mann ist: würde chimärenhaftes Wesen erklären (vgl. oben die Staatsterrorismus-Bemerkung von Helmut Schmidt). Und Eva erst!

Luce, Judiths Mutter, schreibt mir: ‹Bis heute hat die Literatur gedankenschwere Unbeweglichkeit, Säuferwahn, Tiefschlaf gepriesen. Wir wollen angriffslustige Bewegung preisen, fiebrige Schlaflosigkeit, Laufschritt, Bungeejumping, Ohrfeige, Faustschlag.›

Luce an genau dieser Stelle einzuführen, schien mir bedeutungsvoll zu sein, denn sie ist die Verbindung zu Judiths Großvater. Ein Studienfreund meines Vaters, früh verstorben an Krebs, Theologe, an den ich mich dunkel erinnere, sagte, die Kinder würden nicht nach den Eltern, sondern den Großeltern kommen. Meinen Vater hatte das beunruhigt; es hätte mich beunruhigen sollen, hat es freilich nicht. Für Judith scheint die Beziehung bedeutungsvoll zu sein, obwohl ich nicht weiß, ob sie jemals von ihrem Großvater Kenntnis genommen hat. Und wenn ja, hätte sie keinen Gefallen an ihm gefunden. Dass sie seine Intention vollstreckt, erschreckt mich mehr als es sie erschreckt hätte. Jemand vermutete übrigens, Luce sei in Wahrheit auch die Mutter von Klaus, also Judith wäre seine (große) [Halb?-] Schwester.

Pfr. Franz schrieb an den Richter: ‹Der Gefangene Thomas Prawon ist ganz ehrlich um den Zustand der Welt besorgt. Sein Engagement ist ehrlich, obzwar seine Mittel verwerflich sind. Eine Rückkehr ins Leben war nicht möglich, indem wir uns an die Illusion kleben, eine solche Tat oder eine solche Mittäterschaft werde durch Jahre im Gefängnis getilgt, der Täter werde resozialisiert, sogar wenn es viele Jahre sind, mit denen er bezahlt, sogar wenn die Beteiligten an der Resozialisierung ehrlich interessiert sind, was nicht stets der Fall ist. Das politische Engagement nach seiner Entlassung habe ich mit Sorge beobachtet. Ich hielt es für völlig ungeeignet. Die Brieffreundschaft zu jenem Mädchen (dass es sich bei ihr um eine Minderjährige handelte, war weder ihm noch der Gefängnisleitung, jedenfalls hat sie mir gegenüber keine derartige Erkenntnis preisgegeben, noch mir bekannt) spielte eine maßgebliche Rolle dabei, dass er seine Verstrickung in den Terror gelöst hat. Dass sie es auch war, die ihn in die Politik brachte, ist aus meiner Sicht der Dinge ein Unglück. Bei der Beurteilung seiner ursprünglichen Verstrickung in den Terror will berücksichtigt werden, dass er noch sehr jung war und in einem Verhältnis der Hörigkeit zu einer Frau stand, die keine Skrupel kennt. Bitte verzeihen Sie mir den Ausdruck, jedoch bin ich sicher, dass Sie ihn verstehen werden, und dass er, wenn er unter uns bleibt, keinen Schaden anrichten wird: Er war genau das, was unter einem *dressierten Mann* zu verstehen wäre, hätte dieses Theorem noch eine Gültigkeit. Ich weiß, dass man hiervon nicht mehr ausgehen kann, wollte Ihnen aber doch meine Beobachtung und meine Einschätzung zukommen lassen. Über das Verhältnis zu seiner Mutter haben wir, so eigenartig dies zu sein scheint, niemals gesprochen, es war kein Thema. Ich bin, wie Sie wissen, kein Ermittler, und folge dem, was Suchende mit mir erkunden wollen.>

Der Pfarrer Franz spielt eine irgendwie zwielichtigere Rolle in diesem Schurkenstück, als es auf den ersten Blick erscheinen mag. Ich glaube, dass er ein falscher Fuffziger ist, nicht ehrlich gegenüber Tom, nicht ehrlich gegenüber mir, nicht ehrlich gegenüber sich selbst, nicht ehrlich gegenüber Gott. Es ist aber nur ein Glaube, mehr nicht; <nur>: falls es überhaupt mehr gäbe.

Theodor W. Adorno tadelt mich: <Verfranzung der Künste ist ein falscher Untergang der Kunst.>

Ich schreibe an Tom: <Wir haben es zu akzeptieren, wenn wir es auch nicht verstehen, dass Kinder bereit sind, ihre Eltern jenseits der Erklärbarkeit zu töten, allein aufgrund der Verschmelzung von Idee und Führer, in der russischen Revolution, in der nationalsozialistischen

Revolution, in der chinesischen Revolution, von älteren Zeugnissen ganz zu schweigen. Wenn Eltern ihre Kinder töten, töten sie die Zukunft (und sie schaffen es). Wenn Kinder ihre Eltern töten, wollen sie die Vergangenheit töten (ohne es zu können). In Revolutionen passiert oft beides. Selbst wenn, wie in deinem Fall, die Revolution ausbleibt und von ihr bloß die Karikatur bleibt. Freilich bleibt auch die Tragödie, nicht gesellschaftlich und nicht kulturell, verschämt als private.>

Ein französischer Philosoph schreibt mir: <Als ich den unschuldig inhaftierten Thomas Prawon um die Mitte der 1980er Jahre im Knast besuchte, konnte ich mich davon überzeugen, dass an ihm Experimente mit *sensorischer Deprivation* wie bei den übrigen politischen Gefangenen durchgeführt wurden, mit den traurigsten psychischen Spätfolgen, wie man jetzt sieht.>

Klaus reckte, tränenblind, die geballte linke Faust und schrie: <Tom, alter Drecksack, der Kampf geht weiter.>

Ich hätte mich hier lieber herausgehalten. Doch das scheint nicht mehr möglich. Was man begonnen hat, lässt sich auch zuende führen. Tom hat sich freilich derart von mir entfremdet, dass ich froh bin, diese mittlere Biographie alternativer Verläufe als letzte der Skizzen zu verfassen. Die Wahrnehmung dessen, was sich schreibt, kann enttäuschen. Die Enttäuschung hält eine allerletzte Verbindung zur Realität.

Eva Nantes schreibt mir: <Mag sein, dass Sie meinen Rückzug während des zweiten Prozesses gegen Tom als Verrat einstufen. Das kann ich Ihnen nicht verübeln. Aber ich versichere Ihnen, dass wir beide in ernstlichem Einvernehmen gehandelt haben und in einer ständigen Verbindung miteinander standen. Keine Macht der Welt

wird uns entzweien, selbst Sie nicht. Seine Vorgeschichte interessiert mich schlicht nicht. Ich war von dem ersten Zeitungsbericht an, den ich über ihn gelesen habe, in ihn verliebt und habe die feste Überzeugung gewonnen, dass er ein guter Mensch ist; und daran hat sich nie etwas geändert; unsere Verbundenheit hat sich mit jedem Briefwechsel vertieft. Jede_r kann meinetwegen darüber eine eigene Meinung hegen; ich hege die meine und halte an ihr fest. Seine Mutter dagegen hat in skandalöser und unverzeihlicher Weise reagiert, ihm und mir gegenüber. Es wird jedoch kommen, als es muss, die Grundlegung sowie die Verkündigung einer neuen Moral. Ja, ich komme bald, und dann für immer.>

Eva hätte eine Retterin aus der Not, eine Lichtgestalt werden sollen. Doch die Figuren: Sie tanzen nicht nach meiner Pfeife. Sie weigern sich, die Marionettis meiner Intention zu sein. Tom hat mich zu tief schockiert, als dass ich noch Kraft hätte, ihn oder die um ihn herum zu dirigieren und unter Kontrolle zu halten. Durchzuhalten ist freilich eine Kunst. Das Urteil spricht die Geschichte. Beruhigung ist nicht in Sichtweite.

Breaking Fakenews: Vegan*er, Nichtrauch*er, Klimaschütz*er, Abstinenzl*er, Fem*en, Veteran*en aus dem letzten Viruskrieg küren Thomas Prawon zum <Vorbild des Jahres>.

Aus Toms nachgelassenem *<Berliner Tagebuch>*: <Für Judith. Blätter rostiger Gesichter begraben in stillem Gewässer und auf der Jagd nach Dünen für eine Herumtreiberin.> (¿Oder Judith = Sophie [Kindermädchen]?)

RA Alexander Breitweg: <No comment.>

Tom schreibt, ich schreibe, mit begeistertem Widerwillen, wider unseren Willen.

‹Schlechte Musik für schlechte Menschen.›

Auch ihr Vater zeigte sich zu Idas Begräbnis; eigens aus Madrid kam er reingeschneit; Tom überging ihn, denn gebraucht hätte sie ihn im Leben. Dorothea, die fünfte Gemahlin von Idas woanders berühmtem Vater, flennte sich die Augen aus, obwohl sie Ida nie zu Gesicht gekriegt hatte und vermutlich nicht einmal ahnte, dass es sie gab, bis zu Idas Tod. Vermutlich wusste sie so wenig über Ida wie ihr Göttergatte, auch wenn der, anders als sie, bei ihrer Herstellung vermutlich anwesend gewesen war. Dagegen macht Klaus' Alter sich unsichtbar. Den würde Klaus mit Wonne zu Mus verarbeiten. Klaus nimmt Idas Tod noch schwerer als Tom, und ich fürchte, dass er der jetzt mehr denn je Unerreichbaren ins Grab hinterher hüpft. Traumhafte Erinnerung. Klaus stöhnt:

—Ich spüre nichts.

Ida wirft ihn ab.

—Mach's dir doch selber —sagt sie—, alter Wixer.

An Idas Tod war Klaus' Alter zwar leider unschuldig, doch im Leben hatte der brave Genosse sie verraten und das wog schwer; wog jetzt schwerer denn je. Während Tom, um die Tränen zu bekämpfen, an all die Heuchler dachte, zwischen denen er ohne Bodenfühlung stand, legte jemand ihm die Hand auf die Schulter.

—Ich weiß, was sie dir bedeutet —sagte Toms Alter und drückte ihn kurz, zu kurz, jedenfalls weniger als die erforderlichen dreizehn Sekunden.

Vor dreizehn Jahren hatten Tom Prawon und sein Kumpel Klaus Breitweg Ida zum ersten Mal bei einem Konzert der Agitprop-Garagenband ‹Restdeutschland› auf der Bühne gesehen. Sie trug den gleichen Schlabber wie die Klassenkameradinnen der beiden Jungs, oder vielmehr etwas weniger, denn bei ihr war drunter kein BH; by the way, sie rasierte sich auch die roten Achselhaare nicht, wie sie fachmännisch feststellten, als sie, die Spielhand von ihrer pink Ibanez nehmend, den frenetischen Arm in unheilschwangere Luft warf. Mann nannte sie ‹Gammler›, wie das hieß, bevor jemand sich traute, Denglisch zu sprechen und ‹Hippie› zu sagen. Wirren Blicks trällerte oder vielmehr krächzte sie Lyrics wie *Komm, wir bauen eine neue Stadt*, *Das ist Liebe, pure Liebe*, aber auch, verstörend aufklärerisch, *Zum Liebemachen braucht es mehr als zwei* und, besonders zündend, *Hurra, ein Lichtlein brennt*. Dieser Song bestand aus verbotenen Reisern; es lief 'n Prozess des Bullenstaats gegen Ida und ihre restdeutsche Band, denn mann bezog den Text auf eine Kaufhausbrandstiftung mit vielen Toten vor kurzem; vom Tod wussten wir behüteten Blumenkinder nichts, außer dass er uns im Fernsehen Angst machte, doch es wurde weit weg gestorben, in Vietnam genauer gesagt, worunter wir uns nix vorstellen konnten. Das war weit weg wie Science Fiction (‹i, bah, soetwas americanisches hat 'n gebildeter Genosse im zivilisierten Europa klar zu meiden›) oder Mittelerde. Und ins Kaufhaus gehen wir auch nicht, das macht meine Alte oder Klaus' Alter, eine Alte gibt's da irgendwo nicht, bloß ein Kinderfräulein. Mann hakt aber auch nicht nach. Mit dem Lied macht die Band zaghaft darauf aufmerksam, dass in Vietnam jeden Tag viel mehr Menschen brennen und sterben, durch Bomben und Napalm des Imperialismus. Und das muss doch wohl erlaubt sein, dachten wir und mit uns viele andere Kids auch, Klaus' Alter sowieso, mein Alter war was zurückhaltender. ‹Schafft zwei, drei, viele Vietnam›, nahm er als ernstgemeint.

Klaus' Alter war Anwalt und verteidigte Ida voller Inbrunst; Stichworte: Satire … Parodie, Kunstfreiheit, Meinungsfreiheit, Grundgesetz Paragraph pie pa po. Er hatte Toms Alten überredet zu erlauben, dass er Tom zusammen mit Klaus zu dem Konzert nimmt; er wollte mal sehen, wie das denn so abläuft, rein berufliches Interesse. Seine verfickte Pflicht. Politisch war er ganz auf der Linie der Band, kulturell allerdings spürte man ihm an, dass er sich unwohl fühlte. Dass Ida im laufenden Prozess das Lied weiterhin zum Besten gab, sei —taktisch unklug, um es mal vorsichtig auszudrücken —sagte er.

Die Jungs verknallen sich in Ida. Sie schwärmen und kommen sich nicht ins Gehege, denn sie ist unerreichbar, unerreichbar älter, unerreichbar auf der Bühne.

Mit anderen Langhaarigen lebt Ida in 'ner Kommune, das ist irgendwie ziemlich sehr erregend. Die Alten von Tom und Klaus hießen den Protest gut, aber in einer Kommune, bei den Gammlern, da war alles allen gemeinsam, vor allem die Frauen, oder, in diesem Fall, die Männer, denn Ida duldete keinen anderen Gott neben sich, das ging ihnen dann doch zu weit, auch wenn man unter Genossen war. Und Restdeutschland umwarb die beginnende Hausbesetzer-Szene mit Konzerten, legte aber auch selber Hand mit an, und hier ging es nicht mehr um Kunstfreiheit wie bei dem Kaufhaus-Lied, sondern um handfeste Sachbeschädigung, und das ging besonders Klaus' Altem dann doch zu weit. Mann ist ja

Anwalt, wenn auch Genosse Anwalt. Toms Alter war bei diesem Thema nicht ganz so zimperlich und seine Alte wurde nicht gefragt. ‹Irgendwo muss ja auch mal mit der Emanzipation Schluss sein.›

Die Folge dieses ersten Konzerterlebnisses war, dass die Kerle sich für den bisher vernachlässigten Musikunterricht interessierten, nein, dass sie sich der Musik ganz hingaben (nicht jeder war bereit, es ‹Musik› zu nennen), verlangten, Gitarrenunterricht zu kriegen, und wenn die Unterrichtsstunde dann ein viel zu kurzes Vergnügen war, probten sie zusammen weiter. Erst freuten die Alten sich an dem neuen Interesse ihrer Söhne, mann soll schließlich aus pädagogischen Gründen jedes noch so abseitige Interesse des Nachwuchses fördern, dann sahen sie mit Belustigung, wie sie sich hineinknieten, endlich aber waren sie beunruhigt ob der Obsession, die sie die Schule und das, was mann von den Kindern der Oberschicht erwarten konnte, vernachlässigten. Inzwischen hatte Alexander Breitweg, der Alte von Klaus, einen Freispruch für Ida durchgeboxt, den das Gericht ebenso auf die übrigen Bandmitglieder anwandte (die mann sowieso bloß für Mitläufer hielt; richtige Männer jedenphalls waren das nicht, mit *den* langen Gammlerhaaren); aber das Verhältnis zu der verehrten Mandantin bewegte sich nahe an der Grenze zur Zerrüttung des Vertrauens.

Ein Grund für das pädagogisch gerechtfertigte Einschreiten ergab sich wie von selber. Mit dem Song ¡*Viva la huelga!*, zu gut deutsch: Es lebe der Streik!, erklärte Restdeutschland, namentlich Ida, die Solidarität mit den Streiks in Chile. Dies wäre unproblematisch gewesen für die linke herrschende Meinung (aka Meinung der Herrschenden), wenn die Streiks der Fernfahrer und anderer gebeutelter Bevölkerungsmassen sich nicht gegen eine sozialistische Volksfrontregierung gerichtet hätten. Das sah mann, wenn mann Genosse war, im fernen Gesamtdeutschland fucking ungern. Als es im durch die Politik der elitären Volksfront ebenso wie durch die gegen sie gerichteten Massenstreiks destabilisierten Chile mit der Unterstützung der USA zum blutigen Putsch kam, fand Ida sich auf die falsche Seite versetzt wieder und ihre verfickten Kritiker sahen sich bestätigt. Ida blieb störrisch und sagte in 'nem Interview, —mann (bloß Eingeweihte hörten das Doppel-N) dürfe dem berechtigten Protest des Volks nicht die Solidarität verweigern, nur weil die Faschisten die Situation ausnutzen könnten, denn dann könnte man einpacken und jeglichen Protest einstellen. Dem konsternierten Interviewer (—Ist das Ihr Ernst, Fräulein O'Nety? —sagte er; ihm war noch nicht gesteckt worden, dass mann laut Erlass des restdeutschen Innenministers ‹Fräulein› nicht mehr zu sagen hatte) bot Ida an, zu ihr in die Kommune kommen und sie schwängern zu dürfen, wenn er Vernunft annimmt und seine Meinung abändert. Dieser Teil wurde, natürlich, rausgeschnitten, sickerte jedoch trotzdem durch. Eine Hälfte der Republik lachte sich ins Fäustchen, die andere schwieg peinlich berührt. Die Alten von Tom und Klaus verhängten Kontaktverbot zu der —neofaschistischen Band mit dieser gefährlich charismatischen Führerin. Wehret den Anfängen. Nie wieder Faschismus.

Das Einschreiten dieses pädagogischen Zeigefingers, Erziehung nach Auschwitz als Jargon der Eigentlichkeit, ging freilich nach hinten los. Ein Hauch von Weimar umschmeichelte die Häuser Breitweg und Prawon.

Die Fronten blieben unversöhnlich, die Band Restdeutschland trieb es nicht bloß deswegen auseinander, Tom und Klaus verließen, beide krass minderjährig, ihr beschissenes Zuhause und zogen zu Ida in die verwaiste Kommune. Klaus' Alter drohte mit Konsequenzen, aber scheute vor der letzten Konsequenz zurück, die Bullen zu schicken, um die Buben abzuholen und zu zwingen, in den trauten Schoß der großbürgerlichen Kleinfamilie zurückzukehren, Brutstätte des Faschismus, wie es allen Genossen klar war. Das wäre bei den Genossen ganz schlecht angekommen. Bullen rufen, das ging nun gar nicht. Mann hatte Feuer und Flamme für den Bullenstaat zu sein. Ehe ist kein Gefängnis, freie Liebe, Frauenemanzipation <sofern sie nicht zu weit geht>.

Ida organisiert noch den Drummer Meister Propper, lässt sich eine Glatze scheren und formiert mit Tom und Klaus eine abgründig schlechte Skinhead-Band, *schlechte Musik für schlechte Menschen* ist ihr Slogan. Die ersten Songs sind liebevoll gegrölte Abrechnungen: *¡Que te vaya bien!* (Lebwohl), *Hippie-Faschos, fuck off!*, *Restdeutschland ist abgebrannt*. Nach einer namenlosen Zeit nennt die Band sich <Idea y su Caóticos>. Nicht dass Ida Spanisch spricht. Sie himmelt den sonstwo berühmten Vater an, kennt ihn aber nicht; wuchs bei ihrer Mutter Ciara auf. Es ist Tom, der sich Spanisch beibringt und die Lyrics verfasst. Dass sie voller Fehler stecken, stört die Punker-Crew nicht groß, Oi! Oi! Oi!, die Fans noch weniger. Das Englische lässt ebenfalls zu wünschen übrig, das Deutsche sowieso. Es regiert Verfickt! und Scheiße! und natürlich der feindliche Dativ, scheiß drauf lieb' Vaterland. Auch kriegt Ida wieder Ärger mit dem Schweinesystem. Beim Song *Trastornos cardíacos* (Herzbeschwerden), gesungen: <traspornos>, entblößt Ida die trotzdem skandalösen Möpse.

—In anderen Ländern wird man bereits dafür aufgeknüpft. Ihr glaubt nicht, dass ich mich traue, auch das Höschen auszuziehen?

Sie zieht das gnadenlos bedröhnte Höschen aus, behält bloß noch ihre Springerstiefel an.

—Geilt euch auf! Geht nach Hause! Wixt!, was das Zeug hält. Traspornos cardíacos.

Das mündet, wie es muss, in Anklage wegen <Erregung öffentlichen Ärgernisses>. Obwohl RA Alexander Breitweg sich weigert, die Verteidigung zu übernehmen, gelingt es Ida, den Prozess in ein Happening zu verkehren. Sie hat gut aufgepasst, wie der Genosse Anwalt das macht. Sie sagt dem Richter, sie hätte noch ein zweites Höschen drunter gehabt, fleischfarben, mit dem Busch aufgetuscht. Den Rest habe mann sich aufgegeilt hinzuphallatisiert. Ob er mal sehen wolle.

—Das schlimmste, was passieren könnte, wäre, dass Sie meine Muschi nicht zu sehen kriegen —sagt Ida—, wenn, oder vielmehr: Weil's wahr ist.

—Nein, danke —sagt der Richter.

—Gefällt Ihnen meine Muschi etwa nicht? —empört Ida sich—. Das können Sie doch nicht wissen, bevor Sie sie nicht gesehen haben. <Inaugenscheinnahme>, nennt ihr Schweine das, richtig?

—Soll ich Sie wegen Missachtung … —schnappt der Richter.

Als ihr Beweisstück legt Ida ein Höschen vor, fleischfarben mit aufgetuschtem Busch.

—Gefahr im Verzug, ist gebraucht —sagt Ida.

—Gewaschen? —sagt der Richter.

—I wo —sagt Ida—, dann wäre ja der Busch drauf-gegangen; ist keine Textilfarbe, nur Wimperntusche.

—Aber wenn Sie das Beweisstück vorlegen —sagt der Richter—, dann können Sie es nicht anhaben. Eben haben Sie aber ihren Punkt beweisen wollen, indem Sie es vorführen.

—Clever, clever. Aber nicht clever genug für eine Ida. Vielleicht habe ich zwei —sagt Ida—, das ließe sich aber bloß überprüfen, falls Sie mich strippen lassen.

Er verhängt eine eher symbolischen Strafe, die Ida verknusen kann. Humor hatten die Schweine hier bei uns, das muss man ihnen lassen, sagte Tom zu mir.

Ende der 1970er Jahre schleppt Ida ein verwahrlost süßes und oxidiertes Mädchen an, das sie irgendwo in einem Park aufgelesen hatte. Die Anderen staunen nicht schlecht; die erste Frau, die Ida in ihrer Nähe duldet, nicht bloß in ihrer Nähe, sie pflegt sie mit Fürsorge und Herzblut gesund. Violettas Mandelaugen betörten uns alle. Zumal, als sich herausstellte, dass sie feenhaft Geige spielte, aber einen derart entrückten Gesang drauf hatte, der jeden bis ins Mark erschütterte. Violetta brachte den Caóticos eine nie dagewesene Musikalität bei und prägte eine neue Ära.

—Doch die verfickte Welt war noch nicht reif für den ätzenden Sound —sagte Tom zu meinem Alten—; bloß wenige scheiß Eingeweihte nahmen uns wahr. Gerade eben genug, um nicht zu krepieren.

Die Trauergäste oder die, die sich für solche hielten, waren nun fast sämtlich gegangen, nur ein paar Schnaps-leichen röchelten noch rum, fast genauso tot wie die unerreichbare Ida. Tom trank nicht. Der Alte hatte seine Karaffe mit wohltemperiertem Wein erst halb geleert;

Tom kannte das, dass sein Alter sie über die Nacht zu verteilen verstand.

—Ich habe eure Entwicklung wohl verfolgt —sagte Toms Alter.

—Musik war nie dein Fall —sagte Tom.

—In diesem Fall schon —sagte Toms Alter.

—Sind wir nicht mehr die Faschisten? —sagte Tom.

—Das wart ihr nie —sagte Toms Alter—. Du weißt, dass *mein* Vater ein echter Nationalsozialist der ersten Stunde war? Blutorden, also in der Partei vor 1923. Ein Sozialist, nationaler Sozialist. 1934 hatte er Glück, die Säuberung zu überleben. Was sage ich Glück? Im Kriegsende lehnte er es ab, evakuiert zu werden; er wollte umkommen, um nicht <noch mal> aus einem Krieg nach Hause zu kommen als Verlierer, hatte er meiner Mutter vorher geschrieben; <noch mal> hieß: Als Junge diente er beim ersten Weltkrieg. Dann Freikorps. Dann Nazi. Alles ganz schlimm; trotzdem ist er mein Vater. Obwohl er unerreichbar war und ich mich nicht erinnere, dass er sich mir je irgendwie zuwandte, ist meine Erinnerung an ihn doch voll Bewunderung für den stattlichen, tapferen Mann. So habe ich ihn als Kind gesehen. Und wie muss ich ihn jetzt sehen?

Tom sieht, dass sein Alter Wasserwerfer in den Augen hat, und lichtet die Anker. Was soll ich jetzt tun, machen, denken, sagen?, fragte er mich.

—Du bist nicht wie dein Alter —sagt Tom. Vor Anker gehen, nicht abdriften.

—Wie war das mit Ida? —sagt Toms Alter—. Wie ist das in einer Kommune?

—In anderen Kommunen —sagt Tom—, da läuft es ziemlich anders. Ida hat uns ja wie 'nen Harem gehalten.

Das ist in anderen Kommunen eher anders herum, voll Chauvi. Es war nicht immer leicht, meist war es nicht leicht. Doch Ida … —Tom spricht nicht weiter.

—Nimmst du viel Drogen? —sagt Toms Alter—. Bei *der* Musik.

—Doch Kontrolletti? —sagt Tom—. Nee, ich spritze keine verfickten Drogen und werfe kein Trips und trinke keinen scheiß Alkohol und rauche kein Dreckszeugs. Ida brauchte jemanden an ihrer Seite, der nüchtern bleibt, auch mal sauber macht neben der ätzenden Mucke.

—*<Schlechte Musik für schlechte Menschen>* —zitiert Toms Alter. Er lächelt.

Tom lächelt.

—Ich konnte sie nicht im Leben halten. Trotz der Nüchternheit. Ich bin gescheitert —weint Tom—, habe versagt.

—Das will ich überhört haben —sagt mein Alter.

—Überhören ist auch keine verfickte Lösung —sagt Tom.

—Wir bleiben Freunde, von jetzt an —meint Toms Alter—. Du hast Ida gegenüber viel zu früh eine viel zu große Verantwortung übernommen.

—Übernehmen müssen —sagt Tom.

Die Karaffe ist geleert und Toms Alter erhebt sich wie ein tapferer Soldat.

—Grüß Mama —sagt Tom—. Und gute Reise.

Obwohl Tom während des Begräbnisses jedes Zusammentreffen mit Idas anderweitig berühmtem Vater vermieden hatte, hatte dieser doch dafür gesorgt, dass Idea Vilariño (in den 1950er Jahren seine anderweitig empörte Träume induzierende Affäre, deren Namen Ida seinem Willen nach hätte tragen sollen, sofern das restberliner Standesamt es denn zugelassen hätte) in Santa María ein großes Gedenk-Konzert organisierte. Das war unsere verfickteste Chance, sagt Tom zu mir, die wir je hatten. Die Caóticos formierten sich als ‹Herederos de la Ida› neu, unterstützt durch Paula Harun, die den Part des Klargesangs von Ida übernahm; soweit man bei Ida von Klargesang hatte sprechen können; wenn, dann nur im Gegensatz zu yellow Violettas Growling. Aber richtig, Paula singt wie ein Engel, immer noch, der viel Kreide geschluckt hat, um als Wolf durchzugehen. Da sie sich freilich im Grunde genommen als Drummer sah, gab es bereits im Anfang mit Mr Propper, der sie nicht leiden konnte und sie ihn nicht, jede Menge verfickten Ärger. Was sie nicht daran hinderte, ihn, als mal Not am Mann war, zu verführen; das führte zu einer Beruhigung, die freilich nicht lange andauerte, nachdem Paula dann bei jemand Anders den Hosenstall aufknöpfte. Tom konnte mit ihr, rund zehn Jahre jünger als er, im Anfang bereits gut. Denn er macht ihr klar (und beide halten sich dran), dass er nicht zu haben ist. Für ihn gibt es bloß die unerreichte Ida und wird es bloß die unerreichbare Ida geben. Von der alten Restdeutschland-Truppe schloss Rick Krach aka Noisy Rick sich den Herederos wieder an, Rick, dem die Trennung von Ida aus verfickten politischen Gründen gleich im Anfang nicht geschmeckt hatte; er war gegangen, weil die Übrigen gegangen waren und er mitgehangen mitgefangen sich ihnen ohne nach zu denken anschloss. Denken war bei ihm eher die Ausnahme und wenn, dann auch noch Glückssache.

In Santa María spielten die Herederos vor allem die spanischen Songs bzw. die Songs mit spanischen Titeln und Zeilen (die Idea Vilariño sprachlich überarbeitete.

Es ging ihr nicht um die grammatische Korrektheit, sagt Tom zu mir, sondern peinabombillas Ästhetik, deshalb konnte ich es ertragen. Und sie roch sogar wie Ida. Deshalb konnte ich es nicht lange ertragen). Nur der Aufmacher war der Restdeutschland-Gassenhauer *Hau weg den Scheiß*, bei dem das ganze Stadion mitgrölen konnte, egal welche Sprache gesprochen wurde. Über einige der Songs improvisierten sie derart lange, dass das Konzert insgesamt mehr als zwei Stunden dauerte. Als einzige Neukomposition bildete *A Star Is Gone* den Abschluss. Mitten im Song beginnt Tom zu weinen, Violetta bemerkt es und legt ihm, ohne im Gesang innezuhalten, einen Arm um die Schulter, die Geige schwenkt sie in der anderen Hand wie eine Abwehrwaffe. Er legt seinen Kopf auf ihre Schulter, sie singt, er spielt in Schieflage. So bringen sie den Song heil in den Hafen. Klaus und die Anderen kriegen natürlich feuchte Augen. Nachdem der letzte Ton verklungen ist, verharrt das ganze Stadion einen Atemzug lang in Ruhe, das Publikum erhebt sich und schwenkt aufflammende Feuerzeuge.

—Schade, dass sie nicht dabei sein kann —sagt Tom.

—Sie ist dabei —sagt Violetta und sieht aus wie ein Buddha in pechschwarz glänzendem Kunstleder.

Nach diesem Auftritt ging es Schlag auf Schlag; eine Welttournee, die nicht jedem in der Band gut tat. Ich musste mit ansehen, sagt Tom zu mir, wie Klaus mehr und mehr trank; vielleicht dachte er, dass er Ida so näher sein konnte. Aber er entfernte sich von ihr. Wie im Leben so im Tod. Manchmal war er derart patiniert, dass wir auf der Bühne nicht mehr weiter wussten. Das Publikum merkte aber nichts, es jaulte über den schrägsten Sound, mit <schlechter Musik für schlechte Menschen> hatten wir es schließlich gut erzogen. Manchmal verstolperte er sich, das Publikum hielt es für einen gelungenen und einstudierten Teil der Show. Doch ich war ratlos. Violetta, die ganz von ihrer Sucht losgekommen war und bloß noch hin und wieder kiffte, wollte ihn aus der Band schmeißen. Sie hatte große künstlerische Pläne für uns, für sich. Klaus lachte schief und falsch und hysterisch und blieb und Violetta war nicht Manns genug, ihn wirklich in den Flieger zu setzen und nach Hause verfrachten zu lassen. Violetta war eben nicht gelockt wie Ida.

Klaus' Begräbnis war ein Horrortrip für uns alle, sagt Tom zu mir, ganz anders als Idas Begräbnis, das doch im Nachhinein erinnert arg schön war, richtiggehend verboten kitschig. Klaus' Alter lief herum und beschimpfte Tom und die übrigen Caóticos, die Rocker und alle Andren, die es auch nicht hören wollten, als Mörder und Faschisten. Mag sein, dass wir faschistische Tocapelotas sind, sagt Tom zu mir; dass Klaus sich totgesoffen hat, dafür kann ich aber nichts. Ich trank nicht. Auch Ida hatte kaum getrunken, jedenfalls das ziemlich moderat, wenn sie mit beiden Springerstiefeln auf dem Boden stand, vielmehr gespritzt; sonst wären wir ja auch besser mit der Knete hingekommen, ganz abgesehen davon, dass sie noch im Leben sein würde. Keiner der Anderen, keiner von uns trinkt verdächtig stark, Paula vielleicht am ehesten. Sie rauchen, Zigaretten oder auch Gras, ich nicht einmal das. Paula raucht nicht, um für Drum Kit fit zu bleiben, mit dem sie eine gefährlich symbiotische und oldschool monogame Ehe führt.

Es war paar Tage nach dem Begräbnis von Klaus die verfickte Nacht, sagt Tom zu mir, in der die Laster bei mir Einzug hielten, also eine ungeahnte Bereicherung in jeder Hinsicht, ein Glücksfall. Nach Klaus' Tod und dem Auseinander der Herederos, gerade als wir Erfolg hätten haben können, streunte ich mit Paula, der einzigen Getreuen, die mir geblieben war, durch die Gegend. Wir waren deprimiert und desorientiert; das einzige, was wir wussten, war, dass 'ne neue Band her musste. Ich wohnte wieder zu Hause. Das ging, irgendwie. Wegen Mama musste ich mich mit der verfickten Sprache scheiße zurückhalten, was die übelste Übung war. Und das mit 30! Das ging eigentlich gar nicht. Ich war nicht deprimiert, sondern gedemütigt. Und doch fehlte es mir an Demut. Paula bestellte mir, als ich pinkeln war (auch wenn man kein Bier trinkt, muss mann hin und wieder pieseln), 'nen Southern Comfort, nicht den Fusel, mit dem Klaus abgenibbelt war, sondern das, von dem Ida bisweilen nippte, allenphalls wenn sie echt unchemisch High war und nicht völlig vollgedröhnt. Ich sagte nicht Nein und versuchte zu nippen, wie sie genippt hatte. Da ich nichts gewohnt war, zockelte es vom ersten Schluck an und bald war ich so echt ätzend drauf wie sie in ihren totalgeilsten Stunden. Doch Paulas Brauen fielen gefährlich freundlich zusammen zwischen die Mundwinkel. Sie wurde zynisch und flirtete. Bald hatte ich zuviel und versetzte meine Füße in Startposition. Nichts wie weg und mir die good Vibes bewahren. Paula zerknitterte mir das Hemd, durch das pflichtbewusste Hotelpersonal frisch gebügelt, und sagte:

—Nicht mal 'ne Ausnahme machen?

—Wenn wir eine Band machen wollen —sagte ich, innerlich befreit durchs klebrige Zeug mit den massenhaften und massenweisen Umdrehungen—, dann besser nicht.

Paula ließ von meinem potenten Hemd und vagina-bundierte durch die trostlose Tropfsteinhöhle. Als ich sie einen schrägen Kerl anpumpen sah, wusste ich, dass ich sowieso nicht in ihr Beuteschema passte. Pass auf dich auf, Paula, dachte ich, als ich die Flucht ergriff. Wohin, wusste ich nicht; und ich hatte auch weder Ziel noch Plan. Ich konnte es nicht verfehlen, und kam doch nicht an. Schließlich hörte ich so schräge Töne aus einer Gruft dröhnen, wie sie zu dem verfickten Fischzug passten, den Paula an Land geschleppt hatte. Soll der Teufel ihn holen. Lass die Flossen von meiner Paula, du.

Mit unentschlossenem Nachdruck öffnete ich die schräg im Rahmen knarrende Tür. Zack!, traf mich der Blitz. Im unterbelichteten Krach, der an den Garagensound aus den idyllisch schlechtesten Zeiten mit Restdeutschland erinnerte, setzte eine verfickte Geige ein, die klang, als würde Violetta auf den morschen, von Bier, sonst aber niemandem geschwängerten Brettern stehen, die nicht die beste der Welten signalisieren. Aber das konnte Violetta nicht sein; sie studierte spießig, hatte sich ganz der großen, ernsten <Kunst> verschrieben, uns den Stinkefinger gezeigt, nicht persönlich, musikalisch freilich. Der Unterschied zwischen der höllisch guten Punk-Geigerin und den Restrabauken war himmelschreiend und himmelweit und haute Tom glatt vom Hocker. Ich bestellte mir einen Southern Comfort, aber so was Edles führten sie hier nicht und ich kriegte einen Jack Daniels. Ich dachte, mir fliegt der scheiß Kopf weg. Wo war meine verfickte Kehle geblieben? Die Luft war zum Schneiden. Hier war mann nicht angekränkelt von der Nichtraucherheilsarmee, deren Weiber da draußen wüteten und um sich griffen wie 'ne Seuche. Ich horchte den Barmann aus nach Band und Geigerin, wie lange der Gig noch dauere, und bat ihn, zwinkernd, sie zu fragen, ob sie vielleicht kurz bei mir am Tresen vorbei schauen würde, danach, wenn's passt. Voller Ungeduld wartete ich geduldig, bis der pubertäre Krach, der mir mit jedem Schluck Jack Daniels genialer vorkam, vorbei war, und die geile Geige kam tatsächlich zu mir vor den Tresen. Guter Mann, der Mann hinter dem Tresen. Echt ein verfickter Teufel.

—Hi —sagte ich—, ich bin Tom. Geile Geige. Wer bist du?

—Anarkie —sagte sie—, Danke —drängte sie sich neben mich. Telepathisch zog sie den Zip des schwarzen Kunstlederoberteils drei Zentimeter weiter auf (vermutlich nichtmal vollbewusst), unter dem sie, nun offensichtlich, nichts weiter trug (das freilich sicherlich vollbewusst). Déjà-vu, Ida. Mir fielen die seitdem männlich sehenden Augen aus'm Kopf. Vielleicht hätte ich vorhin doch mit Paula eine Ausnahme machen sollen, dachte Tom, dann würde ich mich jetzt weiblich in Sicherheit gewiegt sehen dürfen. Aber für einen Moment, der mit ihr vermutlich kaum richtiggehend erinnerungswürdig ist, unsere scheiß Band aufs Spiel setzen? Die Band, wo es noch nicht gibt und vermutlich auch niemals geben wird. Nee, nee, um Idas Andenken unbefleckt zu lassen, war's mir bloß noch anonym erlaubt.

—Du bist sicher müde nach dem Auftritt. Vielleicht können wir … —druckste ich verlegen kühn.

—Ich weiß, wer du bist —sagte sie.

Das schmeichelte meinem erstmals mit Jack Daniels getauften Ego. Aber ihre wachen Ausguckschlitze unter einem echt müden und falschen Wimpernbusch sagten mir, dass sie mir nicht schmeicheln wollte. Sie meinte es ernst. Aber was? Dann zauberte sie zwischen ihren ansehnlichen Titten zwei Cigarren hervor.

—Die tasten scheiße gut und sind echt ätzend teuer. Eine würd' ich heutnacht rauchen, allein, im Schwarzen Grund —lächelte sie müde—. Die Jungs sind doppelt so alt wie ich, aber sonst nichts. Ich mache das nur, um mir ab und zu was Geiles wie dies leisten zu können. Eine hätte ich für heute, die andere für irgendwann. Es wäre mir eine Ehre, dies Vergnügen mit dir teilen zu können, jetzt. Irgendwann müsste dann warten.

Ich sagte nichts. Ich machte nichts. Ich beratschlagte mich mit Freund Jack. Anarkie öffnete eine der Cigarren, zündete und rauchte sie an und reichte sie mir rüber. Dann wiederholte sie das Ritual. Wir schwiegen.

—Jetzt zeigen wir diesen weicheirigen Zigaretten-qualmern, die sich für fucking männlich halten, was real Smoke ist. Aber Obacht: Nicht inhalieren.

—Ich inhaliere sowieso nicht —sagte ich—. Und ich hasse Zigaretten.

—Ich weiß das doch —sagte sie—. Zigaretten sind der reinste Dreck dagegen.

Der erste Zug war eine verfickte Offenbarung, wie schon Paulas Komfort vorhin. Wir schwiegen und ich schaute ihr ins Gesicht. Sie war müde, auf eine herrische Art wunderschön, blutjung, was man nicht sagen konnte von Paula (obwohl sie, wie sich später rausstellen sollte, sogar zwei Jahre jünger ist als Anarkie) und überhaupt nicht mein Typ. Und da ich nun ihren Namen bereits weiß, wäre es ja auch nicht mehr anonym genug und Ida könnte so richtig schön kitsch as kitsch can eifersüchtig werden.

—Du geigst wunderschön herrisch —sagte ich—, und erinnerst mich an … Violetta. (Nicht an Ida; eigentlich doch an Ida. Alle Vixen erinnerten Tom an Ida.)

—Sie ist mein Held —sagte Anarkie.

(—Heldin —korrigierte der Grammer Nazi in Tom; Punk hin, Punk her, in dieser Hinsicht eiferte er seiner Mama nach. Aber Anarkie rümpfte Sommersprossen.)

—Ihr seid auseinander?, habe ich gehört —sagte sie.

In Vorbereitung für das gemeinsame Jammen mit den Bewerbern übten Paula, Anarkie und ich die alten Caóticos-Titel ein, die Anarkie aber bereits aus- und inwendig beherrschte.

—Kannst du auch was andres spielen? —stichelte ich.

Anarkie setzte die Geige an und spielte. Spielte aber anders. Verfickt anders. Ich sah, wie Paula ehrfürchtig den Atem anhielt und die Lippen mit der Zungenspitze befeuchtete. Spontan rappte ich zu Anarkies Geige einen Text … zwei feindliche Soldaten die in Stalingrad erkennend Aug' in Auge stehen und einander trotzdem brav erschießen im verfluchten Augenblick des Sterbens rufen beide nach der Mama Mama während vor dem Auge das sich trübt ihr nicht gelebtes Leben abläuft verliebt verlobt verheiratet und ihre Kinder alles das entschwindet … *Stalingrad* in der Urform.

Selbstvergessen hatte Paula die rote Taste unseres Recorders gedrückt, sodass wir den improvisierten Rap und die improvisierte Geige anhören und transkribieren konnten; ausgearbeitet wurde dieser Song zu dem Song, der uns berühmt macht. Schon allein wegen des ganzen verfickten Spektakels drum herum; Ida hätte ihre Freude hieran gehabt, ich nicht ganz so. ‹Verharmlosung der Nazis und schlimme Verhöhnung von Opfern› war noch die harmloseste Tonlage. Mann kann nicht gegen den scheiß Krieg sein, lernte ich. Mann muss fürs Töten sein, egal ob bei den Linken, bei den Rechten oder in der scheiß Mitte dazwischen. Angesichts der Leichenberge kriegen die linken Frauen feuchte Muschis, die rechten Männer holen sich einen runter und in der verruchten Mitte schlägt mann's diverse Wasser ab. Eine einzige ungewaschene Bande von Hetzern, dagegen sind wir Totmetaller das reinste Engelhaar. Aber wir haben auch das überlebt, gut überlebt, dank unserer verfickten Fans inzwischen überall auf der Welt, die den Krieg nicht so geil finden. Aber die Medienhetze damals, die uns gecancelt hat, die hat doch Spuren hinterlassen, die mann nur mit der ärztlichen Hilfe von Dr. Daniels in den Griff kriegt. Toms Vater allerdings gab ein Interview, in welchem er ihn und seinen ‹Text› verteidigte (ohne ihm ‹inhaltlich zuzustimmen›). Aber mann nahm ihn nicht ernst. Das hat er wohl nur gesagt, ‹weil es sein Sohn ist›. ‹Oder er wird langsam senil›, lautete die genialische These des RA Alexander Breitweg, dem längst nicht mehr so berühmten Vater der tragisch jung verstorbenen Rock-Legende Close to Broadway. Einmal Genosse, immer Genosse, frohlockt Tom.

—Wie soll denn die Band heißen? —sagte Anarkie in einer Probepause.

—Ich habe schon immer von ‹Anarchy And Her Chaots› geträumt —log ich. Ich wollte umschiffen, ihr zu offenbaren, wie sehr ich mich in sie verguckt hatte. Anarkie war ein Trip; ihn hatte ich geworfen, und von diesem Laster komme (und will) ich nicht mehr runter.

Es gab keine Diskussion und so war es beschlossene Sache.

Natürlich willst du wissen, sagt Tom zu mir, jeder will das wissen, ob denn gar nichts zwischen Anarkie und mir oder wenigstens Paula und mir gelaufen sei, nicht ein Ausrutscher sozusagen in all den Bühnenjahren und bei dem fatalen Einfluss von Kumpel Jack. So bedröhnt war Anarkie nie, und Paula weiß, dass sie firm bleiben muss, rein körperlich, um Zwei-Stunden-Gigs durchstehen zu können, hält sich also entsprechend zurück, und auch sonst so, wenn man glauben soll, was mann so hört; auch ich hatte noch nie einen so intimen Umgang mit dem Psychoklempner, Herrn Daniels, dass ich mich, oder vielmehr: uns, so weit vergessen konnte. Mit zunehmendem Alter muss mann sich ja auch entscheiden zwischen Mr Jack und Mrs Sex, ein flotter Dreier mit ihm geht nicht mehr zusammen. (Nicht, dass ich was gegen Edelrost hätte. Das meiste wird besser.) Ein Bassist ist ja immer eng mit den Drums verbandelt. Und wenn wir zusammen unser Solo improvisieren, kann sich keiner von euch die Harmonie anders erklären; aber Sex läuft bei Paula nie harmonisch ab. Und wenn dann Anarkies eifersüchtige Geige die Harmonie stört, dazwischengrätscht und mich einkreist, herausholt aus meiner Komfort-Zone, ist doch allen klar, was abläuft. Anarkie macht alle an, alle außer mich, aber niemannd kriegt sie. Doch niemannd weiß das. Denn Anarkie existiert nur in ihren Hirnen, wenn sie, ob Männlein oder Weiblein, oder, wie sagt mann heute?, ‹Divers›, in ihren einsamen Betten sich in die Decken rocken und rollen. Das ist das Erfolgsgeheimnis von Anarkie: Jeden denken lassen, er könnte sie rumkriegen, aber keiner kriegt sie. Wenn sie erstmal vergeben wäre, würde das nicht mehr fluppen. Hat Janis Joplin nicht irgendwo mal gemeint, auf 'ner Bühne vor einer brodelnden Masse heißgelaufener Fans zu stehen, sei wie Sex, macht Orgasmus? Vielleicht bei den Vulven, bei mir nicht. Und natürlich wäre es auch niemals gut gegangen. Selbst eine geduldige Frau überfordert es (obwohl ich mich schließlich damit abgefunden habe, dass nicht jede wie Ida so klare Anweisungen gibt, auf welche Art sie's gemacht kriegen will), als die bloße Kopie von Ida fungieren zu sollen. Der einzige traurige Augenblick kommt, wenn ich mich wundere: Wo ist meine Familie? Dann bläst, ohne dass ich etwas sagen muss, Anarkie den Smoke einer frisch angemachten Davidoff Panetela, das Phallussymbol, das wir uns jetzt leisten können, wann immer wir wollen (nicht immer wollen wir), in meine Richtung, und ich bin vom Trip zuhause eingetrudelt. Immer hat Tom Angst, und die bleibt, sich aufzulösen, wenn ich ihm nicht ständig neues Leben einflöße.

Dass wir immer noch zusammen touren, sagt Tom auf meine ungestellte Frage, zeigt, wie gut ich die Leute ausgesucht und geführt habe. Ich komme aus mit Anarkie. So aufreizend und vulgär, wie sie auftritt, träumen Nacht für Nacht Männer, Frauen, Trans und was verfickt weiß ich, voller eruptiver Lava neben ihr zu liegen. Alles, was bleibt, ist Schlacke. Und dabei hat sie sich fast komplett die lasterhafteste Keuschheit auferlegt. Stoisch erträgt sie, dass unsere Fans, vor allem in Uruguay oder anderswo im lateinamerikanischen Raum, Konzert für Konzert ‹¡i-de-a!›, ‹¡i-de-a!› grölen. Und dass, wenn wir *(How it is to love a) Dead Woman Alive* performen, uns im Refrain immer und jedes Mal fast die Stimmen brechen. Ich komme aus mit Pussy Snake. Egal ob der oder die: manchmal bis fünf Minuten vor dem Gig gejammert, nein ich kann da nicht raus gehen und spielen, ich sehe schrecklich aus, ich kann mich nicht zeigen, ich muss mich verstecken. Und dann doch. Ich komme aus mit Paula, die, wenn sie nicht zwei Mal am Tag bevögelt wird, unausstehlich ist, wie im Anfang so auch heute. Ich komme aus mit dem Kommander of Kaos, der lieber die Spielhand amputieren lassen würde, als sich zu outen, dass er schwul ist, nach all den Jahren, die wir es wissen und er weiß, dass wir es wissen, und wo es heute doch niemannden mehr juckt, selbst die Weiber nicht. Nein, er würde es nie gestehen, lieber schweigen bis ins scheiß Grab. Schließlich komme ich aus sogar mit mir selbst, ertrage mich selbst, was das vielleicht verwunderlichste daran ist.

Tom (Prawon), Paula (Harun) und die nun neu hinzugestoßene Anarkie, mit Geburtsscheinnamen: Freya Schmidt, machten sich auf die Suche nach Rockern, die die projektierte Band komplettieren würden. Tom verfügte als Ex-Caóticos und Ex-Herederos zwar über eine gewisse Reputation; aber ein nicht mehr ganz so junger Rocker, der im Hotel Mama wohnt, eine Drummerin, die auf Papas Schwanz hockt, sowie ein heißer Feger als Geigerin, die singt, als ob sie eine Zitrone verschluckt hat, mehr oder weniger freilich auf der Straße lebt, froh, dass sie bei Mama Prawon oder Papa Harun mal mitessen darf, das war nicht gerade das Dream-Team. Entweder spielten die, die versuchten, anzulanden, scheiße oder waren scheiße drauf, und Tom war entschlossen, keine fucking vorschnellen Entscheidungen zu treffen. Stattdessen fingen die drei an, Songs zu komponieren und zu schreiben. Es stellte sich heraus, dass sie das wirklich zusammen konnten; die Arbeitsteilung weichte auf, Anarkie und Paula feilten mit an den Lyrics und Tom tastete sich vorsichtig auch an die Komposition heran. Wenn ihnen dann was gelingt, was sie zufrieden macht, schmieden sie hochfliegende Pläne, die bald in Lethargie wieder bruchlanden.

Alles änderte sich, als Pussy auftauchte, Pussy Snake; seinen wahren Namen, Martin Otto, erfuhren sie erst viel später. Nicht beim ersten Mal. Das erste Mal, als Pussy vorspielte, verlief zwar leidlich genug, so dass sie ihn ein zweites Mal einluden, die Erwartungen, darüber waren die drei sich einig, flogen aber immer noch nicht hoch. Er war angezogen wie ein Berufseinsteiger zum Bewerbungsgespräch für einen Buchhalterposten, mit Jackett und Krawatte, die Hose hatte Hochwasser, frisch rasiert ins Rasierwasser gefallen, und als er in den rauch-verhangenen Proberaum trat, schien er schwer verwirrt von Einem zum Anderen zu blicken. Sie fragten sich schon, warum dieses Mannsbild sich mit —Snake, Pussy Snake —vorstellte. Sonst sagte er nicht viel, packte eine sündige Dean-Gitarre aus, stöpselte sie rein und begann zu spielen, *Be Dangerous*, die B-Seite der Caóticos-Single von 1983. Anarkie schüttelte ihre verwundete hochrote Mähne und grinste, begann mitzusummen, während Paula und, nach kurzem Zögern auch Tom, einstiegen. Beim Abschied erst fiel dann wieder das merkwürdige Erscheinungsbild von Snake auf. Nachdem nur noch das Rasierwasser in der Luft an ihn erinnerte, schwiegen sie. Das gemeinsame Spiel war auf vertraute Weise befremd-lich gewesen, ein Widerspruch, der keinerlei Aufklärung duldete.

—Geben wir dem Rasierwasser eine Chance —sagte Paula.

—Macht es dich an? —sagte Anarkie.

—Scheiß drauf —sagte Paula—, Schlampe.

—Er kann *Be Dangerous* spielen —sagte Tom—, all-
dieweil wird er verfickt ungefährlich sein. Ich würde ihn
gern noch mal sehen.

Beim nächsten Termin dachten sie, es habe sich Eine
in der Tür vertan. Da wollte Eine Anarkie die fucking
Show stehlen. Und das ist bekanntlich nicht so ohne.

—Erinnert ihr euch? —sagte sie—. Snake … Pussy
Snake. Ich dachte, wir hätten Termin?

Diesmal hatte Pussy ein tragbares Keyboard mit, das
ziemlich erbärmlich blecherte; sie spielte es so witzig
und so einfühlsam und so schräg, dass es bald nicht mehr
auffiel. Sie blieb also bis spät in die Nacht, trank Bluts-
brüderschaft mit Toms Seelenverwandten Jack, kiffte
mit Anarkie (aber Cigarre mit ihr zu rauchen, ist mir
vorbehalten) und flirtete mit Paula, der sie den Kopf
verdrehte. Es brauchte keine formale Entscheidung und
keine Absprache, Pussy hatte sie in die Tasche gesteckt.

Damit wären die Chaoten komplett gewesen, wenn
nicht ein paar Tage drauf ihnen Dirk Sombard ins Netz
gegangen wäre; später, als man englisch aussprechbare
Namen brauchte, Kirk oder Kommander of Kaos. Dirk
aka Kommander Kirk war das Gegenteil von Pussy, so
fucking straight wie bloß was, ein potenzbreitbeiniger,
bis zum Hohlkopf hinauf tätowierter Macho-Rocker
wie aus dem übelsten Klischee-Buch. Auch Dirk spielte
Gitarre, fand jedoch musikalisch eine Wellenlänge mit
Pussy, die nur manchmal, wenn es ihm zuviel wurde, auf
Keyboards umstieg.

Anarchy And Her Chaots surfte auf der New Wave in
Richtung Grunge und Gothic. Mit *Happy Burial*, obwohl
nur B-Seite von *Devil Can't Wait*, trafen sie den Ton der

Szene und konnten hier und da auftreten, sodass es Einnahmen tröpfelte. Eine Kommune wie zu Idas Zeiten war passé. Paula und Anarkie teilten sich aber eine kleine Wohnung; Anarkie kümmerte sich um die chaotischen Verhältnisse rund um Paula. Tom kriegte was ganz in der Nähe und das war der richtige Abstand. Die übrigen beiden Bandmitglieder wohnten, wo immer sie wohnten, keiner wusste es so genau. Das Problem mit Snake war, dass er zwar immer pünktlich kam, egal ob Probe oder Auftritt, aber immer sonnenbäckig verkündete Pussy, sie wisse nicht, ob sie es schaffe, ob sie nicht unpässlich sei, ob sie nicht in Depression verfalle, ob er nicht vom Bus überfahren werde (seine Hauptangst), ob er nicht der Musik den Rücken kehren solle, ob er nicht lieber ins Kloster ginge.

Mit *Stalingrad* landeten die Chaots soetwas wie einen Hit, wenn auch umstritten; doch der richtige Knaller gelang nach dem Mauerfall. Tom erinnerte sich an den Idea-Song *Tear Down This Wall (between us)*, dessen Titel der damalige Präsident der USA, Ronald Reagan, als er in Berlin war, gemopst hatte (und der eine wüste innenpolitische Kontroverse in Restdeutschland auslöste). Nun spielten die Chaots den Song neu ein und mischten auch Reagan im O-Tom drunter. Die Single kam in Deutschland, den USA, Britannien, Japan und Lateinamerika heraus; in Lateinamerika freilich als B-Seite. Die A-Seite wurde dort der neu eingespielte Idea-Song *¡Sólo se vive una vez!* (Es lebt sich nur einmal.) In Deutschland, Britannien und den USA wurde auf die B-Seite *(How it is to love a) Dead Woman Alive* gepresst, Toms Liebeslied für Ida, in Japan das herzzerreißende *(If You Really) Hate Me Forever (say <Yes, I will>)*. Und obwohl der Mauer-Song schnell wieder in der Versenkung verschwand und andere Songs an seine Stelle traten (die Chaots spielen ihn live nur noch selten und auf den ausdrücklichen Wunsch der Fans im Zugabeteil) standen ihnen fortan die ganz großen Bühnen offen.

Seitdem das Musikstudium von Violetta Mandarin abgeschlossen ist und ihre Solokarriere als Klassik-Punk Fahrt aufnimmt, gibt sie sich bei Anarchy And Her Chaots die Ehre; gern wirkt sie bei Studioaufnahmen und bei Gigs in festlicher Garderobe mit, hin und wieder fiedeln Anarkie und sie ein konkurrenzloses Duett. Sie bleibt eine treue Seele und dankt, was die unsterbliche Ida für sie getan hat, indem sie Tom die Treue hält. Stets weiß er, dass er sie nicht verdient und auch nicht gemeint wird, vielmehr Idas Erbe antrat; nun endlich gehört Ida ihm und bloß ihm.

1996 stirbt Idas inzwischen auch diesseits berühmter Vater, doch Tom macht sich rar auf seinem Begräbnis. Zugegeben, Idas damals erst anderswo berühmter Vater war bei Idas Begräbnis gewesen, Ida hätte ihn aber hier im verfickten Leben gebraucht; vielleicht hätte er sie im Leben halten können. Dass er es nicht versucht hat, verzeihe ich ihm nie, so tot kann er gar nicht sein. Nun sollte er selbst noch im Tod einsam bleiben. Aber als 2009 die unbezwungene Dichterin Idea Vilariño starb, da flogen Anarchy And Her Chaots nach Uruguay, wo sie in Santa María ein grandioses Konzert gaben; Violetta schwebte ebenfalls ein, maß sich mit Anarkie, und es wurde zum Remake jenes märchenhaften Herederos-Konzerts aus dem Jahr 1984.

Diskographie 1968-1989 / 2009 (Auswahl)

Restdeutschland, 1968-1974.

Ida O'Nety, Gesang, Gitarre, Perkussion. Text.
Rick Krach, Gitarre, Chor. Komposition.
Knut Knete, Bass, Chor.
Manni Blumenkohl, Schlagzeug. Text.

Singles:

1 A: *Komm, wir bauen eine neue Stadt.* 1968.
   B: Das ist Liebe, pure Liebe.

   Chartplatzierung (DE): 69 (6 Wochen).

2 A: *Sexrebellen braucht das Land.* 1973.
   B: ¡Viva la huelga!

   Chartplatzierung (DE): 7 (13 Wochen).

Album *Berlin zu Paris machen*, 1971:

   1 Komm, wir bauen eine neue Stadt.
   2 Das ist Liebe, pure Liebe.
   3 Zum Liebemachen braucht es mehr als zwei.
   4 Hurra, ein Lichtlein brennt.
   5 Berlin zu Paris machen.
   6 Jede Macht ist illegal.
   7 Hau weg den Scheiß.
   8 Organgenduft hängt in der Luft.

   Chartplatzierung (DE): 43 (2 Wochen).

Idea y su Caóticos, 1975-1983.

Idea Onetti, Gesang, Gitarre, Perkussion. Text.
Violetta Mandarin, Growling, Geige. Komposition.
    Ab 1980.
Klaus Breitweg, Gitarre, Gesang. Komposition.
Tom Prawon, Bass, Chor. Text.
Meister Propper, Schlagzeug, Chor.

Singles:

1 A: *Risk Everything.* 1980.
  B: Ni Dios ni patrono.

2 A: *Damned Love.* 1983.
  B: Be Dangerous.

Album *Ehrlicher Verkehr*, 1978. (Noch ohne Violetta.)

    1 ¡Que te vaya bien!
    2 Hippie-Faschos, fuck off!
    3 Restdeutschland ist abgebrannt.
    4 Trastornos cardíacos.
    5 Steht geschrieben, dass das Leben einfach sein soll?
    6 Ehelicher *(sic!)* Verkehr.

Album *Ida O'Nety. RIP*, 1983 (posthum).

    1 Risk Everything.
    2 Ni Dios ni patrono.
    3 Tear Down This Wall (between us).
    4 Contra.
    5 Kill No Time, Kill the People.
    6 Damned Love.
    7 Be Dangerous.
    8 ¡Sólo se vive una vez!

LP, 1971

Single, 1988

Herederos de la Ida, 1983-1985.

Violetta Mandarin, Growling, Geige. Komposition.
Tom (Prawon), Bass, Gesang. Text.
Klaus Breitweg (Close to Broadway), Keyboard,
    Gitarre, Chor.
Rick Krach (Noisy Rick), Gitarre, Chor.
Meister (Mr) Propper, Schlagzeug.
Gast: Paula Harun, Gesang, Perkussion.

Live 2-Stunden-Show. Santa María. Florida. Madrid.
    Tokyo. Berlin (mit Gegendemo).

Live-Doppelalbum *Herederos de la Ida*, 1985.
    1 Hau weg den Scheiß!
    2 Tier Down This Wall (between us).
    3 ¡Que te vaya bien!
    4 ¡Viva la huelga!
    5 ¡Ni Dios ni patrono!
    6 Contra.
    7 Traspornos cardíacos.
    8 ¡Sólo se vive una vez!
    9 Das ist Liebe, pure Liebe.
    10 A Star is Gone.

Chartplatzierung (ES):	2 (25 Wochen)
(DE):	5 (16 Wochen)
(US):	13 (22 Wochen)
(UK):	25 (14 Wochen)

Dokumentarfilm über die Tour als DVD, 2009.
Regie: Andrea Bonita.

Anarchy And Her Chaots, ab 1986.

Anarkie (Freya Schmidt), Growling, Geige.
   Komposition. Text.
Tom (Prawon), Bass, Gesang. Text. Komposition.
Pussy Snake (Martin Otto), Gitarre, Keyboard, Chor.
Dirk (Kirk, Kommander of Kaos) Sombard, Gitarre,
   Chor.
Paula Harun, Drums, Gesang. Komposition. Text.
Gast: Violetta Mandarin, Geige, Chor. (Seit 1991.)

Singles:

1 A: *The Power of Hatred.* 1987.
   B: The Glory of Destruction.

2 A: *Devil Can't Wait.* 1988.
   B: Happy Burial.
      Chartplatzierung (DE):   19 (2 Wochen).

3 A: *Stalingrad.* 1988.
   B: (How) Skeletons Make Love.
      Chartplatzierung (UK):   3 (4 Wochen).
      Hinweis: Populär auch im Samisdat.

4 A: *Tear Down This Wall*, 1989.
   B: (How it is to love a) Dead Woman Alive.

   In einigen Ländern abweichende B-Seite.

   Chartplatzierung (DE):   1 (34 Wochen)
                  (US):   1 (20 Wochen)
                  (UK):   2 (17 Wochen)
                  (AT):   4 (12 Wochen)

Anarchy And Her Chaots (Fortsetzung).

Album *Start Your Own Anarkie*, 1988.

1 The Power of Hatred.
2 The Glory of Destruction.
3 Devil Can't Wait.
4 Happy Burial.
5 Stalingrad.
6 (How) Skeletons Make Love.
7 Eat Me Up.
8 (If You Really) Hate Me Forever (say <Yes, I will>).
9 Knock on Temple Wood.

Chartplatzierung (DE):	1 (28 Wochen)
(UK):	1 (33 Wochen)
(US):	5 (10 Wochen)
(CH):	7 (18 Wochen)

Zwischen 1989 und 2008 11 Studio- und 3 Livealben.

Live-CD/DVD *Herederos de la Ida*, 2009.

Remake der Show von 1984-85, gleiche Set-List.
Aufgezeichnet in Santa María.

Regie: Sofia Brausen.
Kamera: Carlos Grey.

Chartplatzierung (ES):	1 (65 Wochen)
(DE):	1 (23 Wochen)
(UK):	2 (17 Wochen)
(US):	3 (26 Wochen)

LP, 1978

Lebende mögen sich nicht portraitiert fühlen, historische Personen entsprechen in den biographischen Daten teils nicht ihren Wikipedia-Einträgen.

Canetti: *Die Blendung,* Erstlesung vermutlich Ende der 1970er, *Masse und Macht* irgendwann 1980er Jahre. Die Umbenennung von Prof. Kien in Prof. Kein war zunächst eine empörende Autokorrektur von Word, die mir dann immer besser gefiel.

Marinetti: *Das futuristisches Manifest,* Begegnung im Rahmen eines Musikprojekts 2009, das aus Copyright-Erwägungen nicht veröffentlicht wurde. Dass er hier auftaucht, ist einer Verwechslung geschuldet. Ich meinte, es gäbe einen katholischen Theologen des Namens (es gibt den Verlag Marietti, in welchem eine legendäre Gesamtausgabe der Werke des heiligen Thomas von Aquin erschienen ist). Trotz Google-Aufklärung blieb Tommaso und wirbelte Toms intendierte Biographie ganz gehörig durcheinander.

Onetti: 1. Phase gleich nach Erscheinen von Mario Vargas Llosas *Die Welt des ...* ; *Für diese Nacht, Wenn es nicht mehr wichtig ist.* 2. Phase neulich, der ganze Rest, Idea Vilariño inklusive. Der Auslöser für das maxfrische Triptychon war die Lektüre von *Grab einer Namenlosen.*

Weitere Plagiate aus fünf Jahrzehnten Lektüre sind beabsichtigt, andere blieben unbewusst.